公主傳奇 15

公主駕到 修訂版

馬翠蘿 著

新雅文化事業有限公司
www.sunya.com.hk

人物簡介

╫ 周曉星 ╫

周曉晴的弟弟，一個風趣幽默的淘氣精，不時有天馬行空的奇怪想法。

╫ 馬小嵐 ╫

來自香港的烏莎努爾公主，聰明美麗、正直善良。敢於向困難挑戰，最喜歡說的話是「天下事難不倒馬小嵐」。

❖ 萬卡 ❖

烏莎努爾公國第十九代國王，風度翩翩、英勇果敢。是國民眼中的好君王，小嵐和曉晴曉星心目中的暖心大哥哥。

❖ 周曉晴 ❖

馬小嵐的好朋友，漂亮活潑，喜歡打扮，最常做的事是和弟弟鬥氣。

目錄

第一章

豬一樣的隊友

一大早，小嵐的臥房外就鬧哄哄的，某人在用手使勁敲門，邊敲邊喊：「小嵐姐姐，起牀了沒有！我有事找你！」

幾個小侍女慌忙上前，又是哄又是騙的：

「別敲好不好，您會吵醒公主的。」

「昨晚國王陛下派人送來了很多新鮮水果呢，又香又甜哦，全放在客廳，您快去吃吧！」

「求您了！別吵醒了公主。瑪婭姐姐知道了，會處罰我們的……」

某人好像借了聾子的耳朵，照樣使勁敲、使勁喊：「小嵐姐姐，小嵐姐姐……」

在整個皇宮裏，有誰會這樣大膽，敢來驚擾公主的好夢呀！不用問，一定是那個腦瓜吃慣了炒栗子的曉星了。

小嵐其實已經醒了，她不想理會那小子，便用被子把腦袋一蒙，由他喊去。這傢伙總是神經兮兮的，芝麻般大的事情就大驚小怪。他能有什麼大事！

「曉星少爺，求求您，求求您……」

小侍女急得說話帶着哭腔。小嵐有點於心不忍，她氣呼呼地把被子一掀，起牀了。她穿好衣服，然後把房門拉開。

曉星咋咋呼呼跑了進來：「小嵐姐姐，你今天有空嗎？有事找你幫忙。」

小嵐故意板着臉說：「大清早，吵什麼吵！」

跟在曉星後面的幾個小宮女見小嵐生氣，嚇壞了，戰戰兢兢地在小嵐面前站成一排。一個年齡大點的侍女戰戰兢兢地說：「對不起，公主殿下。對不起！」

小嵐本來想嚇唬曉星，沒想到把這些小侍女嚇着了。她忙笑着說：「沒事，沒事，其實我已經醒了。你們下去吧，給我準備早餐。」

小侍女們抬頭見小嵐和顏悅色的，知道她沒有責怪的意思，這才放下心來，歡天喜地地退出去了。

罪魁禍首曉星卻沒有半點歉意，他大大咧咧地往沙發上一坐，說：「小嵐姐姐，我有正經事找你。」

「咚！」毫無懸念，某人頭上又吃了一記炒栗子，「正經你個頭！小屁孩，你擾人清夢，又讓那些女孩子難做，不教訓你不行。看腳！」

小嵐說着朝曉星飛起一腳。

「救命！」曉星嚇得逃到沙發後面，見小嵐沒追

來，才用手扒着沙發背靠，慢慢露出頭髮，再露出兩隻眼睛。可他又馬上嚇了一大跳，小嵐的腳停在半空，腳尖差點挨着他的腦袋。

「小嵐姐姐，我下次不敢了！我下次聽侍女姐姐勸告了……」曉星可憐巴巴地眨着眼睛。

「好，饒你小命！」小嵐「哼」了一聲，走進盥洗間洗臉去了。

小嵐梳洗完畢，也不理睬等在外面的曉星，徑直去餐廳吃早飯。曉星像條小尾巴一樣跟在後面，可憐巴巴地說：「小嵐姐姐，我真的有事，有正經事……」

小嵐一路走一路哼着歌，不理他。進了餐廳，小嵐坐了下來，曉星又厚着臉皮坐到她對面：「小嵐姐姐，人家真有正經事嘛！」

小嵐呷了一口牛奶，說：「什麼事，說吧！」

曉星見小嵐肯搭理他，高興得眼睛都亮了起來。他說：「嘻嘻，小嵐姐姐，你不生我氣了？我們歷史學會明天下午有個辯論會，辯題是『李世民是個完美的人嗎？』。我被分配當反方，論點是『李世民不是個完美的人。』小嵐姐姐，你來當正方，你幫我練習練習好不好？」

小嵐說：「你怎麼不找曉晴？她伶牙俐齒的，最喜歡與人辯論。」

曉星一聽，嘟着嘴説：「你忘了她是李世民的超級粉絲嗎？之前看了那部小説《唐太宗李世民》，她做夢都在『世民哥哥』、『世民哥哥』的喊。我也不是沒找過她，但她一聽我説李世民不完美，就咬牙切齒地伸出手爪撓我，還警告我要我退出辯論會。」

「這個花痴！」小嵐搖搖頭，説，「好吧，我小嵐最喜歡打抱不平，我幫你！吃完早餐，去我書房，我替你練習。」

「謝謝小嵐姐姐！」曉星高興得拉着小嵐的胳膊直晃，他想了想又説，「我們到外面吧，別去書房。免得讓姐姐知道了，又來搗亂。我們去……」

曉星撓了撓頭，説：「去映月湖邊那塊草地，那裏又涼快，風景又美。」

小嵐説：「行。」

映月湖邊的確是個好地方，茵茵綠草長得又厚又柔軟，就像一塊巨大的綠色毛毯；湖邊垂柳輕揚，又送來陣陣清香。草地中央長了幾棵枝繁葉茂的大樹，就像天然的綠傘，遮住了頭上的太陽，灑下一片綠蔭。

兩人走到大樹下，一人靠着一棵大樹坐了下來。小嵐對曉星説：「開始吧！」

正方小嵐説：「李世民是完美的。他在經濟上實行均田制，使農民能安定生產，耕作有時，促進了經

濟的發展。他重視農業，減輕農民賦税和勞役。他在位時，老百姓的生活水準大大提高。」

反方曉星説：「李世民並不是完美的。在貞觀十六年，他縱容太子，造成嚴重浪費現象。他自己也花很多錢去修造宮殿，一會兒去修飛山宮，一會兒又去修翠微宮。」

小嵐説：「李世民是完美的，在他當皇帝期間，社會安定，夜不閉戶，道不拾遺。據資料顯示，公元六三零年，全國判處死刑的囚犯只有二十九人。」

曉星又説：「李世民並不是完美的。『玄武門之變』，他為了登上皇位，在玄武門殺死兄長李建成和弟弟李元吉……」

「住嘴！」突然一聲尖叫，有如魔音襲耳，接着有人氣勢洶洶跑來，雙手一叉，「不許污衊我的世民哥哥！」

曉星嚇得像兔子一樣飛竄，逃到了樹後面。這突襲者，正是李世民的超級無敵粉絲──曉晴。

「誰敢説我世民哥哥壞話！五爪金龍侍候！」曉晴張牙舞爪地撲了過去。

這花痴較真起來還真不好勸阻，小嵐怕傷及無辜，於是「嗖」的一下爬上了樹。

「小嵐姐姐救我！」躲在樹後面的「兔子」慘叫着，向樹上的小嵐伸出手。

小嵐抓住他的手，往上一拉。女孩子本來就沒多大力氣，再加上曉星雙腳又蹬來蹬去的，小嵐不但沒能把曉星拉上樹，反而被他扯下了樹。

　　掉下來的那一瞬間，小嵐想起了一句至理明言：不怕神一樣的對手，就怕豬一樣的隊友！

　　「砰！」一下巨響。

　　「哎喲！」三聲慘叫。

第二章

拯救被拐兒童

小嵐和曉星摸着跌痛了的屁股直嚷嚷：「哎喲哎喲⋯⋯」

曉晴卻摸着胸口叫喊：「壓死我了！壓死我了！」

原來兩人從樹上掉下來時，剛好砸到曉晴身上了。

曉晴哇哇大哭起來：「你們欺負我！」

小嵐和曉星哭笑不得，原來這世界上真有「惡人先告狀」這回事啊！

「別哭了，難看死了！」小嵐拿出紙巾，沒好氣地塞到曉晴手裏。

忽然聽到曉星「啊」了一聲，他拉着小嵐的手直晃：「啊，啊，看，快看！」

小嵐一抬頭，也呆住了：「啊，這是什麼地方？」

曉晴淚眼模糊，等她擦去眼淚時，也大吃一驚：「我的媽呀！我們剛剛不是在映月湖邊嗎？！」

原來，他們發現自己竟然掉進了一條窄窄的小巷，三個人正坐在小巷的青石板地面上。

　　曉星揉了揉眼睛，說：「難道我們從樹上掉下，然後睡着了，在夢遊中出了王宮？」

　　小嵐說：「傻話，什麼夢遊！你看，外面那條大街上走的人，穿的都不是現代的衣服呢！」

　　曉晴和曉星一看，可不是，撥撥走過的人，有的闊袍大袖，也有窄袖長裙，全都是古裝打扮。

　　三人大眼瞪小眼，好端端的在王宮裏的草地上，又沒有啟動時空器，怎麼會突然來到這顯然是古代的地方？

　　曉星摸摸腦袋，說：「難道是拍戲？」

　　曉晴搖搖頭說：「不會，如果是拍戲，場景有這麼真實嗎？」

　　小嵐十分肯定：「別亂猜了，我們又穿越了。」

　　幸好他們也算是資深「穿越人士」，有過多次穿越到古代的經歷，所以不致於驚慌失措。

　　小嵐說：「我們去打聽一下，看看到了什麼年代，什麼地方。」

　　曉星應了一聲，就想獨自走出去，曉晴一把將他拉住：「你這副樣子，街上行人肯定把你當怪物看。」

　　曉星眼睛一轉，發現巷子裏有一戶人家門口晾着

衣服，一看還真有適合他們的衣服呢！

「偷！」曉星看了小嵐一眼。

小嵐想了想，「嗯」了一聲，又補充説：「等我們以後有錢了，買新的送回來。」

於是三個人各挑了一套衣服，打扮起來。

幸好小嵐最近剛好留了長髮，跟曉晴兩人用布條把頭髮紮在腦後，也不會顯得太突兀，但曉星一頭短髮便有點難辦了，幸好他在另一家人門口的曬竿上見到一頂布帽子，戴上也勉強過得去。

三個人走出小巷，來到一條人來人往的熱鬧大街上。街上的商舖一間接一間，舖子門前有的掛着一面寫了個「酒」的旗子，有的寫着古玩店，有的寫着當舖，還有的寫着米舖；街道上還有許多路邊攤，有賣菜的，也有賣熟食、日用品的。

正想找個行人打聽，見到一個男人走來，那男人肩膀上騎着個三歲左右的小男孩，像是兩父子逛街。三人便迎上去，打算向那男子問路。

誰知那小男孩一見他們就哭起來，還伸着小手想撲向他們，嘴裏喊道：「哥哥姐姐，救我！」

三人吃了一驚，不知是怎麼回事。那男人用手打了男孩一下：「臭小子，再哭爹揍死你！」

男孩叫道：「不，你不是我爹，你不是我爹！」

小嵐三人頓時睜圓了眼睛，看着那男人。那男人

見狀，解釋道：「我這娃娃一向淘氣。我剛剛教訓了他一頓，他竟然連爹都不認了。」

男人說着，加快步伐走出市集。

男孩扭過身子，朝小嵐他們大喊：「哥哥姐姐，他不是我爹，不是我爹！哇……」

看那小男孩的樣子不像是亂說，小嵐三人馬上警惕起來，莫非是……三個人異口同聲地喊了起來：「人販子！」

小嵐說：「追！」

三個人拔腿追趕那男人，邊追邊喊道：「喂！站住！站住！」

那男人扭頭見小嵐他們追來，慌忙逃跑。

小嵐他們也加快了腳步，曉星跑得最快，眼看要追上了。這時經過一家染坊門口，一個大叔提了個裝着染料的水桶出來，曉星收腳不住，「砰」一下撞了過去，那水桶跌落地，裏面藍色的染料飛濺，落了曉星一頭一臉，連後面緊跟的小嵐和曉晴也未能倖免，三人全變成大花臉。

三人向那大叔道歉，然後繼續去追，但那人已跑出了市集。市集外面有座小山崗，見到那男人正飛快地往山上跑去。

小嵐三人繼續追，不能讓那人販子得逞！那男人畢竟背了個小孩跑不快，眼看快要追上了，男人有點

驚慌失措，他把小男孩往地上一扔，狼狽地逃走了。

小男孩大哭起來。小嵐見了，也顧不得去追那人販子，急忙跑過去抱起小男孩：「小弟弟，摔到哪裏了？哪裏疼？」

三個人把小男孩的手手腳腳從頭到尾查看了一遍，見到除了手背上擦破了點皮，沒其他傷痕，才放了心。

小嵐抱着小男孩，哄道：「小弟弟不哭，不要哭！」

小男孩抽泣着指着手背擦破皮的地方，委屈地説：「痛，痛……」

小嵐忙用嘴對着那裏，用嘴輕輕呼氣。

小男孩不哭了，大眼睛一彎，朝小嵐一笑，露出幾顆白白的小門牙，兩片小嘴唇一碰，説：「謝謝姐姐！」

小男孩長得虎頭虎腦，皮膚粉嫩粉嫩的，抱起來像個軟軟的小麪團。那雙黑葡萄似的大眼睛，那紅紅的小嘴唇，那臉上人畜無害的天真笑容，啊，真是一個又可愛又漂亮的孩子！

小嵐三人竟然忘了自己穿越時空不知身處何時何地，也顧不上去擦臉上的染料，一心一意把小男孩當洋娃娃玩，一時間，歡笑聲不斷。

「月光光！」小男孩突然指着頭頂。

啊，月上中天，原來不知不覺已經天黑了。再望望山下大街，店舖都關門了，攤檔也散了，大街上都黑黝黝的，只有住戶人家門窗裏透出點點微弱的光。

小男孩突然拉着小嵐的手，説：「姐姐，我餓！」

這下提醒了他們三個，他們也一天沒吃飯了，頓時覺得肚子餓得慌。

「姐姐，我要吃東西！」小男孩晃着小嵐的手。

小嵐三人大眼瞪小眼。上哪去找吃的？一來沒有錢，沒法去買吃的；二來這荒山野嶺的，連棵樹也沒有，所以也別指望找到野果填肚子。

「哇，我餓，我要吃東西！」小麵團哭起來了。

「別哭別哭，別哭嘛！」

小可愛變成小魔怪了。他使勁蹬腿，使勁扭動身子，臉上眼淚像兩道瀑布，「飛流直下三千尺，疑是……」嘿嘿，雖然説得誇張了點，但那小傢伙的淚腺也的確太發達了，轉眼就打濕了衣襟。

小嵐三人沒了辦法，只好採取「無視」，坐在一旁不管他了。

小麵團見到哥哥姐姐都不理他，可能覺得這招不靈了，便住了聲，抬起蓮藕似的小胳膊，指着手背，苦着臉一副可憐樣：「痛，呼呼、呼呼……」

小嵐差點笑了出來，這小傢伙真聰明，提醒哥哥

姐姐們他受了傷，使苦肉計呢！

　　她不禁「撲哧」一聲笑了，跑過去抱起小麵團，在他胖胖的小臉蛋上狠狠地親了一口。

　　得趕緊把他送回父母身邊，然後再打聽這究竟是哪裏。

第三章

忘恩負義的「小麪團」

「小弟弟，你家住在哪裏呀？」

小男孩指指小山崗的東面：「這裏！」又指指小山崗的西面：「那裏！」

哎呀，究竟是東還是西呢！

「小弟弟，你爹你娘叫什麼名字？」

小男孩眨巴着大眼睛，過了好一會，才笑嘻嘻地說：「我爹叫爹爹，我娘叫阿娘。」

哎呀，說了等於沒說！

「那你叫什麼名字？」

「我叫圓圓。」

圓圓？也是說了等於沒說。折騰了半天，也沒問出一點有用的線索。

小麪團像樹熊一樣，扒在小嵐身上撒嬌：「姐姐，圓圓餓，圓圓要吃糕糕。」

小嵐對曉晴和曉星說：「這樣吧，我們下山去，向大街上的人家要點吃的。」

曉星早就等着小嵐這句話了，他馬上響應：

「好，我們下山去！」

　　一行人快下到山腳時，忽然聽到一陣陣吆喝聲，又見到下面大街上影影綽綽的火光由遠及近，小嵐停住腳步，説：「有情況！我們先停下，看看發生了什麼事。」

　　只見人聲和火光越來越近，漸漸看清楚了——大隊手持火把的士兵，在大街上挨家挨戶拍門，不知在幹什麼。

　　「搜逃犯？」曉星説，「一定是！我在電視劇裏看過這場面，都是搜捕逃犯。」

　　曉晴説：「難道拐走小麵團的那個人販子是逃犯？」

　　小嵐説：「如果這些人是衙門的兵，我們倒可以把小麵團交給他們，讓他們幫小麵團找家裏人。」

　　説話間，一小隊士兵已向小山崗走上來，火把照亮了周圍，幾個士兵發現了小嵐他們。

　　「什麼人？」有人喊道。

　　小嵐趕緊回答説：「我們是老百姓。」

　　那隊人越走越近，很快，就把小嵐等人包圍起來。有個臉色黑黑的像是隊長的人問道：「你們是什麼人，跑到這山上幹什麼？」

　　曉晴見那十幾個士兵手裏都拿着大刀，殺氣騰騰的，不禁有點害怕：「我……我……我們沒幹什麼，

我們是好人……」

躲在小嵐身後的小麪團探出身子，說：「是好人，是好人！」

黑臉隊長聽到小孩子的聲音，用手裏的火把一照，不禁驚喜地大叫起來：「小王子！小王子在這兒！」

他隨即朝小麪團面前一跪：「參見小王子！」

其他士兵見了，也都紛紛跪下：「參見小王子！」

小嵐三人聽了都一愣，啊，原來小麪團是個王子！

小麪團好像挺開心的樣子，咧開嘴巴，朝着那幫人傻笑。看樣子他是認識這些人的。

黑臉隊長吩咐一名士兵：「你馬上通知收隊，然後回府報信，説小王子找到了！」

等那士兵走後，黑臉隊長轉過身，惡狠狠地把小嵐三人打量了一番，又對眾士兵説：「兄弟們，把這幾個人綁了。」

那羣士兵一聽，如狼似虎圍了上來，就要動手。小嵐挺身擋住曉晴和曉星，大聲説：「住手，無緣無故的，幹嘛要抓我們？」

黑臉隊長喝道：「你們狗膽包天，竟敢拐走小王子，還不該抓？」

曉星喊道：「冤枉啊！拐走小麵團的另有其人，我們是救小麵團的人！」

黑臉隊長說：「反正現在人贓並獲，就是你們拐了小王子，害得我們出動所有人馬搜尋了大半天，連腿都快跑斷了。別囉嗦了，有什麼冤情，你們到了王爺府上再喊吧！」

曉晴急了，對小麵團說：「喂，你快給他們說，我們不是拐走你的人，而是救你的人，說呀！」

誰知道小麵團卻沒理她，只管拉着黑臉隊長的手，說：「糕糕，我要吃糕糕……」

哎呀，真是氣死人！

士兵如狼似虎，衝上來要綁人。小嵐怒氣沖沖地說：「你們好人當賊辦。好，我們跟你們回去，我想總有講理的地方。不過有一個條件，不能把我們綁起來。」

黑臉隊長見他們三個還是小孩子，心想諒你們也跑不了，便說：「好吧！你們乖乖地跟我們回去，就不綁。」

小嵐說：「說到做到。走吧！」

十幾名士兵押着小嵐三個人下山去。那個忘恩負義的小麵團早把幾個救命恩人忘到九霄雲外了，他依偎在黑臉隊長的懷裏，起勁地啃着不知誰給他的一個蘋果，口水流了一下巴。

「撐死你！」曉星肚子咕咕叫，他一邊嚥口水，一邊狠狠地瞅着小麵團。

一隊人把小嵐等人押下山，黑夜中也不知走了多遠，最後進了一座很有氣勢的建築物裏。天色昏暗也看不清模樣，反正應是一座面積很大的府第，應是有財有勢的人家。

那隊士兵押着他們拐入了一條小道。小道盡頭，有道鐵門，門口有兩名持刀的士兵守着。

黑臉隊長吩咐那兩名士兵：「把他們押進去關好。別讓他們跑了，到時無法向王爺王妃交代。」

「走！」兩名士兵押着小嵐等人走過一條黑黝黝的、長長的走道，又下了幾十級石階，之後把他們推進了一間有着木欄柵的牢房。

曉星隔着牢房欄柵喊道：「喂，大叔們，給點吃的行不行？我們快餓死了。」

一個士兵大聲説：「都死到臨頭了，還要浪費糧食！等着吧，到了明天，你們就不會知道餓了。」

兩個士兵離開了，四周一片寂靜。

牢房裏連一張凳子也沒有，好在地上鋪着乾草，三人便坐在草堆上。

曉星説：「小嵐姐姐，他們什麼意思？什麼浪費糧食？什麼明天就不知道餓？」

「蠢死了！你還不明白？」曉晴伸手拍了他後腦

勺一下，又害怕地問小嵐，「小嵐，你說，明天我們真會死嗎？他們真會殺我們嗎？要是這樣的話那就太冤枉了，死得不明不白，連自己死在哪個年代也不知道。」

小嵐說：「別怕。如果這是個土匪窩，那還麻煩有點大。既是王府，皇帝的兄弟，那總要遵守點王法吧！總不能不問青紅皂白就殺人。」

「小嵐姐姐說不怕，我就不怕！」曉星挺了挺胸，但很快又垂頭喪氣地說，「唉，我肚子好餓。」

「我教你一個抗飢餓的方法。」小嵐把曉星的手拉到他眼前，說，「你現在兩眼盯緊自己的手，盯緊。你開始想像，這是一隻鹹豬手，一隻香噴噴、油呼呼的醬鹹豬手……」

曉星聽着小嵐的吩咐，眼睛死死地盯着自己的手，看着看着出現了幻覺，眼前出現了一隻鹹豬手，他不由自主地一口咬去……

「啊！」曉星把自己的手甩呀甩的，剛才那一口，把手咬了幾個深深的牙印。

「哈哈哈！」小嵐和曉晴放聲大笑，曉晴笑得直叫肚子痛。

曉星開始還氣哼哼地看着她倆，後來也忍不住跟着她們笑了起來。

笑了好久才停下來，小嵐說：「現在還有沒有那

麼餓？」

　　曉星說：「啊，笑也會飽嗎？」

　　小嵐說：「當然。你沒聽過人們常說，笑也笑飽了。」

　　曉星摸摸肚子，說：「咦，有道理。我真的好像沒那麼餓了。」

　　小嵐和曉晴互瞅一眼：真傻，這也信！

第四章

公主被關進大牢

天亮了。

小嵐首先醒來，她擦擦眼睛，在草堆上坐了起來。曉晴和曉星還在睡呢！

其實他們一晚上都沒睡好。躺在草上一點都不舒服，乾草堆很硬，硌得身上又癢又痛；草上還有些不知名的小蟲子，咬了他們一身小疙瘩。三個人直到快天亮的時候才陸續睡着。

小嵐靠着牆坐着，想着心事。

算起來，他們也有好多次穿越時空的經歷了。但是從沒有過像這次這樣窩囊的。來了一天一夜了，還搞不清到了什麼年代，現在又被當成人販子給抓了起來。真是倒霉透頂！

幸虧小嵐是個樂天女孩，她想，不要緊，就當是一次人生經歷吧！想到這裏，小嵐兩邊嘴角不禁往上一翹，自個兒笑了起來。

剛好這時曉星醒了，看見小嵐笑，便揉着眼睛問：「小嵐姐姐，你笑什麼？是夢到有好東西吃

嗎？」

小嵐沒好氣地説：「你以為人人都像你這麼饞！」

曉星可憐巴巴地説：「我不是饞，我是餓。我現在一點力氣也沒有了。你看，連抬手都不行了。」

曉星說完，做出一副要抬手卻怎麼也抬不起來的樣子。

小嵐正要損他幾句，這時，門鎖「哐噹哐噹」地被打開了，一個士兵把手裏的托盤放在地下，說：「吃早飯了！」

曉星喜出望外坐了起來：「啊，有東西吃了？」

他伸手抓了一個饅頭，大口大口啃着，邊吃還邊說話：「大叔，什麼時候放我們呀？」

那士兵大約四十上下的年紀，樣子挺忠厚老實的。見曉星問他，便伸頭看了看四周，然後小聲說：「我看你們不像壞人，才跟你們說的。你們也太倒霉了，在這種時候被抓。我們王爺這些天心情壞着呢！他以前對我們還算不錯的，但現在一天到晚找人罵。昨天送膳的小強子只是不小心打破了一個碟子，就被王爺叫人打了他二十板子了，現在還在牀上躺着呢。現在你們被控是拐走小王子的人販子，恐怕沒那麼容易放過你們了！」

小嵐皺了皺眉頭，問：「你們王府究竟出了什麼

事？」

士兵神秘兮兮地說：「王爺最小的妹妹八年前在老家失蹤，生死未卜，皇上一家都以為她已經不在人世了。沒想到半個月前，有人在洛陽發現了公主的蹤跡。皇上大喜，即時給公主賜封永寧公主，命令我們王爺馬上到洛陽接回公主，希望在自己六十大壽那天骨肉團圓。沒想到，王爺在接公主回來的途中，馬車翻側，公主頭部受傷，昏迷不醒。請來了最好的大夫，全都束手無策，都說有可能再也醒不來了。王爺只好先瞞住皇上，派人告訴皇上說接公主回來的途中受阻，還沒回到長安。但皇上心急想見公主，命王爺無論如何要在皇上壽宴之日趕回。過幾天便是皇上壽辰，王爺知道無法向皇上交代，所以非常煩躁。」

曉晴不知什麼時候醒了，她坐了起來，愣愣地聽着士兵說話。聽到這裏，她不由得擔心地說：「啊，那我們什麼時候才能離開這裏？你們王爺會不會因為心情不好，把我們『咔嚓』一聲砍掉腦袋？不行，我要見你們王爺，要向他說明真相！」

士兵搖搖頭說：「見王爺，難啊！他現在整天守着小公主，什麼事都不想管了。」

曉晴帶着哭腔說：「啊，難道我們只能坐以待斃？」

小嵐想，不行，得主動出擊！當然要先了解清楚

情況，這是什麼朝代，皇帝是誰，眼下這王府裏的王爺究竟是什麼人……

這時士兵正想離開，小嵐大聲說：「大叔請留步！請問現在是什麼年頭？」

士兵停住腳步，轉身看着她，好像在驚訝這小姑娘怎麼連這也不知道，但他還是回答了：「是武德九年。」

「啊！」小嵐大驚。武德，這不是唐高祖李淵的年號嗎？武德九年也就是公元六二六年，正是李淵登皇帝位的第八個年頭，「玄武門之變」，李世民殺兄奪位就發生在這一年的七月二日。真沒想到，自己會在這風雲變幻、王位更替的時候，來到大唐王朝！

小嵐想，不知現在王府裏的是李淵哪一位兒子？

小嵐忙問士兵大叔：「你們王爺叫什麼名字？」

士兵說：「姑娘，我們不能叫主人名諱的。」

真死心眼！小嵐心裏好笑，又問：「噢，那你告訴我，你們平常怎麼稱呼你們家主人的？」

士兵老老實實地回答說：「我們叫他王爺。」

小嵐只好又再問：「那你們王爺封號是什麼？」

士兵說：「秦，秦王！」

「啊，秦王李世民！」小嵐喊了起來。

「啊……」一直在發愣的曉晴嘴裏發出了激動的顫音，「李世民？我的世民哥哥？天哪天哪，我要見

世民哥哥！大叔，你能讓我們去見世民大哥嗎？」

士兵大吃一驚，這兩個小姑娘瘋了，竟然直呼王爺名字，這可是殺頭的罪啊！他不想惹禍上身，便應了一句：「好，好，我問問看。」說完急急地鎖上牢門，跑掉了。

「世民哥哥，沒想到我有機會見到你……世民哥哥，世民哥哥……」曉晴雙手托腮，眼睛發亮。

「姐姐，你真是超級無敵大花痴！」曉星含糊不清地説道。他一直沒停嘴吃東西，對他來説，吃才是最大的事。

小嵐也沒理他們，只管自言自語：「上天讓我們來到這一年，來到李世民家中，是否暗示要我們幹點什麼呢？」

曉星吞下嘴裏的東西，説：「小嵐姐姐，你不是也認為『玄武門之變』李世民殺了那麼多人，始終是他個人史上的一個污點？不如，我們就想辦法阻止這件事的發生，好不好？」

曉晴一聽，馬上尖叫道：「不好不好，一萬個不好！」

曉星不滿地説：「為什麼不好？你説，你説！」

曉晴説：「如果沒有『玄武門之變』，我世民哥哥就當不成皇帝了。你不知道李建成是個心胸狹隘、目光短淺的人，根本沒有當皇帝的潛質嗎？如果他當

了皇帝，中國就沒有了一代賢君李世民，沒有了大唐盛世。中國歷史會不知往何處去呢！」

曉星說：「可是，『玄武門之變』死了兩千多人啊！」

「現在談救人，就等於是母雞還沒買回來，就想着母雞下的雞蛋怎麼吃！我們現在還指望着有人來救呢！」小嵐說，「你們別吵好不好！我們還是先想想怎樣脫身，脫身之後再考慮怎樣處理『玄武門之變』吧！」

三個人正在說話，忽然聽到外面有人聲和腳步聲。有人向這邊走過來了。

第五章

刀下留人

一陣「哐噹哐噹」的聲音，大牢的鎖被人打開了。五個士兵站在門口，都熟口熟臉的，就是昨天抓他們的那些人，領頭的還是那個黑臉隊長。

曉晴一見，開心地問：「兵大叔，你們是來帶我們去見世民哥哥的嗎？」

那黑臉隊長似笑非笑地說：「是呀，我們是來帶你們去見王爺的。」

曉晴喜上眉梢，說：「我世民哥哥真是好人呢，他一定知道冤枉了我們。嗯，我見到他時，一定得告訴他我是他的超級粉絲。」

曉星也喜出望外：「啊，太好了，我們沉冤得雪了。」

小嵐有點懷疑，心想：不是說李世民心情煩躁什麼事都不管了嗎？怎麼會想到見我們？難道……難道是永寧公主醒過來了？希望是吧！只要見到李世民，就有機會向他講清楚整件事情。

曉晴因為要見到偶像，慌忙拍打着身上灰塵，又

整整衣服。見到小嵐和曉星仍是一臉染料，花臉貓似的，知道自己一定不比他們好，便對黑臉隊長説：「能讓我們洗洗臉嗎？」

黑臉隊長説：「嘿，這裏哪有水！等會兒放了你們，你們想怎麼洗就怎麼洗。」

士兵拿出繩子，要把小嵐他們捆綁。小嵐不滿地説：「怎麼又要捆？」

黑臉隊長裝出一副笑臉，説：「你們不是要見王爺嗎？要見王爺就得做足安全措施，萬一你們真是歹徒，那王爺豈不危險？」

小嵐儘管千萬個不高興，但也只好讓他們給捆了。算了，有機會見到王爺就好。

當下三人跟着那小隊士兵走出大牢。天氣陰沉沉的，好像要下雨的樣子，士兵押着他們從一道小門出了王府，又七拐八拐，拐到了一處僻靜的樹林，然後停了下來。

小嵐一看不對頭，忙説：「喂，兵大叔，你們不是説帶我們去見王爺嗎？來這裏幹什麼？」

黑臉隊長哼哼奸笑兩聲，説：「來送你們回老家。」

曉星一聽高興了，説：「啊，真的？你們真的準備送我們回家？難道你們有時空器？」

「啊，哈哈哈……時空器？這小子説話真有意

思。」那黑臉隊長怪笑着道。

小嵐瞪了曉星一眼，説：「你也真是笨，他是要殺我們！」

「啊，要殺我們？」曉晴氣急敗壞地嚷道，「我們要見世民大哥，世民哥哥，救命啊！」

黑臉隊長説：「別叫了，沒用的。就是王爺命令我們來殺你們的，誰叫你們膽敢拐走他的心肝寶貝兒。」

幾個士兵把小嵐三人綁到樹上，這時走來一個胖乎乎的怪大叔，拿出一把大刀，朝他們嘿嘿地奸笑着。

曉星嚷道：「不要，不要，我不要被砍頭！我怕痛！」

黑臉隊長嬉皮笑臉地説：「小孩子，別害怕，只有一點點痛，一點點。」

「你們滾開，滾開！我們不是早説了嗎，我們不是綁匪！」小嵐氣得伸腿亂踢一通，憤怒地説，「啊，你們這裏難道沒有王法的嗎？審也不審一下，就要殺人！」

黑臉隊長説：「怎麼沒有王法，有啊，我們王爺的法不就是王法囉！哈哈哈！」

黑臉隊長正得意，沒提防小嵐飛起一腳，狠狠踢在他的膝蓋上，他仰面朝天往後倒在地上。

「哈哈哈，小嵐姐姐了不起，再踢，再踢！」曉星大叫着。

「哎喲，你這個死丫頭！」黑臉隊長摸着屁股哼哼着站了起來，氣急敗壞地對怪大叔說，「快動手，快動手！先砍了這個死丫頭！」

看着在自己頭上高高舉起的大刀，小嵐心裏又是氣又是急，沒想到自己會無辜地死在一千多年前，好冤啊！

小嵐滿腔怒氣無處發洩，忍不住「啊」地喊起來。

彷彿在應和小嵐的喊聲，天上「咔嚓」一聲閃出一條銀蛇般的閃電，緊接着響了一個驚天動地的雷，「轟隆隆……」

雷聲震耳欲聾，把在場的士兵嚇得目瞪口呆，怪大叔嚇得高舉大刀的手一軟，刀「哐噹」一下掉到地上，剛好砸到自己的腳上。

「哎呀！娘啊！」怪大叔捧着腳，一跳一跳直叫痛。

黑臉隊長首先清醒過來，他大叫道：「快動手，快動手！」

怪大叔聽了，慌忙撿起大刀，定了定神，又舉了起來……

怪大叔正要把刀砍下，「嘩啦啦……」瓢潑大雨

從天而降，打得人身上硬生生的痛，打得人站立不
隱，怪大叔手一鬆，刀掉到地上，又再砸到他的痛
腳上。

「哎呀！爹啊！」怪大叔一屁股坐在地上，捧着
腳呲牙裂嘴地叫。

黑臉隊長罵道：「死胖子，蠢死了！趕快給我起
來砍人！」

怪大叔苦着臉，用手撐地想起身。

曉星怕他又來砍頭，急了，嚷道：「怪大叔，不
忙，你先歇歇！」

「是！」怪大叔應了一聲，繼續捧着腳呲牙裂嘴
的模樣。

「死胖子，究竟他是隊長還是我是隊長！」黑臉
隊長一手揪住怪大叔的衣領，把他扯起身。

怪大叔只好苦着臉，撿起地上的大刀，又走到小
嵐面前，把刀一舉……

「刀下留人！」突然一聲驚叫，嚇得怪大叔手一
鬆。那把大刀又不偏不倚落在腳上，砸在之前砸過兩
次的地方。

怪大叔仰面朝天躺在地上，痛昏了過去。

三個孩子聽見「刀下留人」，心裏大喜，啊，一
定是像電視劇裏看到的，是有人拿着聖旨來救他們
了。

但一看，沒有人，面前還是六個人，站着五個，躺着一個。剛才是誰叫刀下留人呢？

正在疑惑，見到黑臉隊長跑到小嵐面前，結結巴巴地喊道：「公、公主殿下，您是公主殿下？！」

說完，跪在地上磕了三個響頭。

小嵐大吃一驚，這人怎麼知道自己在二十一世紀的身分？曉星在旁邊小聲說：「穿越來的，他肯定也是穿越來的！」

那黑臉隊長一邊磕頭一邊說：「公主之前一臉油污，小人看不到公主真面目，差點傷了公主性命，實在罪該萬死。幸好上天降下神雨，還公主本來面目，真是天佑公主，天佑公主！」

其他幾個士兵好像不明白發生了什麼事，見到黑臉隊長朝小姑娘磕頭，也慌忙跑到小嵐面前跪下磕頭。

小嵐心中疑惑，便說：「少廢話，先把我們鬆綁再說。」

那黑臉隊長趕緊叫其他士兵：「還不快點來給公主鬆綁。」

直到這時，小嵐三人才鬆了一口氣，感覺好像在鬼門關走了一遭回來。

小嵐打量了黑臉隊長一番，心想，這人不像是現代人啊！她試探着問：「你以前見過我嗎？」

黑臉隊長說：「見過，見過！早前我有跟王爺去洛陽接您回來，一路上是您的近身侍衞。您墜馬受傷，還是我把您抱起來的呢！公主，您是什麼時候醒來的？為什麼帶着小王爺跑到外面？我抓您時又為什麼不說您是公主呢？一想到我差點把您砍了，我就……」

　　小嵐看着黑臉隊長嚇得煞白的臉，明白了怎麼回事。黑臉隊長口中的公主，是指李淵失散多年的小女兒永寧公主！他把自己錯認作永寧公主了。

　　小嵐摸了摸自己的臉，心想：黑臉隊長曾跟隨公主多天，按道理對她的模樣已經很熟悉，沒理由會錯認。難道自己跟永寧公主真有那麼像？

　　看來暫時要將錯就錯了，先保住自己和曉晴姐弟的性命再說。

第六章

偷樑換柱

黑臉隊長吩咐四個士兵把小嵐三人送回秦王府，千叮萬囑要好好侍候公主，他自己就飛一般跑回王府報信。

其實他此時也滿肚子疑問。公主明明重傷昏迷，怎麼現在沒事一樣？公主怎麼會帶着小王爺跑到外面去？公主死到臨頭為什麼不表明身分，她一臉骯髒，自己認不出她，但她應該認得自己呀……

不過他現在也顧不上去想這些了，抹去一額頭的汗，暗自慶幸剛才沒有下手砍了公主的頭，要不是那聲驚雷震落了劊子手的刀，要不是那場暴雨洗乾淨了公主的臉……啊，太恐怖了，太驚險了，如果公主被自己殺了，那是滅九族的罪啊！別說自己的腦袋保不住，連自己父母妻兒兄弟姐妹姨媽姑爹……全都會沒命！

黑臉隊長心裏在害怕，竟出了一身冷汗，後背涼颼颼的。

不過，誤抓公主，還把她關了一夜大牢，還有差

點殺了，這也是大罪啊！等會見了王爺，怎麼才能說圓滑點，讓自己責任小點……

「砰！」他只顧胡思亂想，卻沒小心走路，胸口不知被誰推了一下，他一下站不穩，往後跟蹌了幾步，差點摔倒。抬頭一看，只見一個高大的身影出現在眼前，竟是秦王府總管徐彰。

徐彰圓睜雙眼看着他：「大膽，你差點撞到王爺了！」

黑臉隊長見撞到上司已是怕得要死，沒想到上司背後竟還站着王爺，嚇得魂飛魄散，連忙跪在地上，說：「小人衝撞了王爺，請王爺饒命。」

徐彰身後的人走了出來，只見他身材高大，劍眉星目，英俊不凡，那張有着健康膚色的臉不怒而威，此人正是秦王李世民。

原來李世民這幾天一直陪在永寧公主身邊，不知請了多少大夫來看病，又是針灸又是服藥，什麼辦法都試過了，但小妹仍是悄無聲色地躺在牀上，除了仍有一口氣之外，就跟死人一樣。李世民心中憂愁，便帶着徐管家到花園走走，紓緩一下心情。他低着頭只管走，冷不防前面急匆匆走來一個黑臉隊長，如果不是徐彰急忙上前把那小子擋了一下，那就肯定被撞個仰面朝天了。

見到黑臉隊長一副誠惶誠恐的樣子，李世民也懶

得出聲責罰，哼了一聲，拂袖便走。

「王爺慢走！」黑臉隊長突然想起自己來的目的，急忙一把抓住秦王的衣服下襬，「王、王爺，慢走。小人該死！小人昨天錯把公主當成綁匪，抓進了大牢，小人知錯了。公主現在好好的，一根頭髮沒少……」

李世民停住腳步，黑臉隊長莫名其妙的話令他摸不着頭腦，唯一就是「公主」兩字牽動了他的神經。他皺着眉頭問：「你說什麼？什麼公主？哪個公主？」

黑臉隊長戰戰兢兢地說：「王爺，你能先饒恕了小人的罪好嗎？」

李世民也不知道那傢伙說什麼，還以為是剛才衝撞之罪，便說：「免罪，起來回話。你剛才說什麼公主，快講清楚！」

「謝王爺！」黑臉隊長大喜，忙站起來，說，「王爺，昨天我不是抓了三個拐走小王爺的人販子嗎，您今早吩咐我把他們正法的。」

李世民想起是有那麼回事。小妹一事已令他萬分頭痛，沒想到又有人趁亂拐走了自己的寶貝兒子，所以當黑臉隊長來請示怎樣處理那三個人販子時，他惱火地揮揮手，說了一句：「殺了！」

黑臉隊長見王爺點頭，心中鬆了一口氣，王爺肯

認就好，自己只是執行命令而已，那差點誤殺公主的罪名就不會落到自己頭上了。

「幸虧小人機警，臨行刑時負責任地驗明正身，竟發現了其中一人是公主。現小人已將公主完好無缺地送回王府。」黑臉隊長脫身之餘又不失時機地為自己爭了一功。

李世民雙眉一挑，怎麼回事？嵐兒受傷後自己一直守着她，沒有離開過。而自己是剛剛從小妹房中走出來的，那時小妹仍躺在牀上昏迷不醒，何來昨天被誤抓，何來差點被誤殺？

「你說永寧公主正在回府途中？」他厲聲問道。

黑臉隊長戰戰兢兢地回答：「是，王爺！小人之前曾隨王爺往洛陽接公主回來，絕不會錯認。」

「來人哪，把這胡說八道的東西抓進大牢！」李世民惱火地喊道。

不知從哪裏擁出來一班衛士，抓住黑臉隊長，黑臉隊長拚命掙扎着：「王爺，是真的，真的，小人哪有那麼大的膽子騙王爺。王爺，公主應該已經從北門進了王府了，您去看看便知我沒說謊……」

黑臉隊長被衛士拉走了，走了很遠，他仍不甘心地嚷嚷：「王爺，我沒騙您……」

一會兒，聲音遠去了，花園裏又變得十分清靜。

李世民呆呆地望着天空，一會兒後，他對徐彰

説：「去北門看看！」

再説小嵐三人撿回一條命，被四個士兵送回王府。幾個人一路走，一路小聲嘀咕。

「小嵐，剛才好嚇人啊！我們差點就死在這一千多年前了。」曉晴小臉兒煞白，心中猶有餘悸。

曉星説：「我們現在怎麼辦？剛才黑臉隊長把小嵐姐姐錯認是公主，才放了我們。萬一他知道搞錯了，那就慘了。不如……不如我們想辦法逃走吧！」

曉晴説：「我不逃，剛才黑臉隊長不是説去找王爺嗎？王爺就是我世民哥哥呀，我不會放過跟偶像見面的機會的。世民哥哥，我愛你喲！」

見到曉晴眼裏飛出千萬顆紅心，小嵐和曉星臉上都寫了一個詞——鄙視！

不過小嵐倒是認同曉晴的做法，不能逃。沒做虧心事，幹嗎要逃？況且，既然有緣來到這個年代，見見那些歷史上的風雲人物，也不枉走這一趟呀！

正在這時，聽到腳步聲傳來，抬頭一看，只見到走過來的兩個人，前面那個，身材高大，劍眉鳳目，英武中不失儒雅，分明是帥哥一枚！不知為什麼，小嵐三人一下便確定這人便是秦王李世民。

「啊……世民哥哥啊！」曉晴一臉花痴樣，眼裏劈里啪啦飛出無數紅心。

李世民卻一點沒發現曉晴的失禮樣子，他兩眼緊

緊盯住小嵐，臉上一臉驚愕，嘴巴顫抖着，卻發不出一點聲音。

天哪，怎麼世界上有這麼像的人。如果不是自己剛剛見過昏迷在牀上的小妹，他一定會毫不猶豫地把面前這女孩子當成嵐兒。

站在他身旁的管家徐彰也是一臉震驚。

小嵐上前一步說：「您是……秦王殿下？」

李世民如在夢中，他機械地點點頭，眼睛仍緊緊盯着小嵐。

小嵐朝他施了個禮：「拜見秦王。」

李世民這才清醒過來，他指着那幾個士兵對徐彰說：「你帶他們離這遠一點，守着不許任何人走近。」

徐彰應道：「遵命。」

李世民壓着心頭的激動，把三個孩子帶進了旁邊一個涼亭，指着亭內石凳，說：「你們坐。」

說完，他自己便率先坐了下來。

「你真的長得跟我妹妹嵐兒一模一樣。」李世民對小嵐說，接着問道，「告訴我，你們是什麼人？」

小嵐剛才已經跟曉晴他們商量過，編造了他們三人的身世。她毫不猶豫地回答李世民：「我叫小嵐，他是我弟弟曉星，她是我妹妹曉晴，從咸陽來的。」

李世民問：「你們家大人呢？」

小嵐説：「我們家族的人都在戰亂中去世了，就剩下我們姐弟三人。」

李世民一點不懷疑這話有假，因為多年來戰火不斷，百姓死傷無數，像這樣的孤兒到處都是。

「我的侍衛隊長説，你們拐走了我兒子，究竟怎麼回事？」

「世民大哥，我説我説。」曉星搶着説，「這事太冤枉我們了。我們不但沒有拐走你兒子，反而是救了你兒子呢！」

他把怎樣在大街上碰到人販子和小麵團，怎樣把他救了，一五一十説了出來。

李世民聽了，説：「原來是這樣，那真是冤枉你們了。幸好沒有錯殺好人！」

曉晴一直在偷瞄帥哥，聽到這裏，撅着嘴説：「世民哥哥，剛才可把我們嚇壞了。」

李世民一臉歉意地説：「真是過意不去。本王因家事心煩意亂，沒有搞清楚就下令殺人，把恩人當仇人了。本王在此向幾位小友道歉。」

「不要緊不要緊。」見到一位歷史上有名的大人物，一位未來的皇帝向自己道歉，曉晴和曉星都有點受寵若驚。

只有小嵐不卑不亢，一副完全受得起的樣子。心煩意亂就可以草菅人命嗎？就因為這心煩意亂，累到

他們差點死在這一千多年前！道歉還便宜了他呢！

　　李世民看着小嵐寵辱不驚的淡然模樣，心中暗暗驚奇。這女孩一定不是普通平民百姓，他甚至懷疑，自己小妹是不是還有個孖生姐妹，否則，怎可能有這樣的王者氣派？

　　身上的王者氣派，跟小妹驚人的相似⋯⋯李世民的心猛地跳了幾下，腦海裏冒出了一個大膽的念頭——偷樑換柱！

第七章

昏睡的小公主

「小嵐!」李世民突然對小嵐喚了一聲,「我想單獨跟你談談。」

小嵐狐疑地看着李世民,不知他想説什麼。她點點頭,又對曉晴和曉星説:「你們到亭子外面玩玩。」

等曉晴曉星離開後,李世民開了口:「我妹妹嵐兒早幾天受傷昏迷,生命危殆。」

小嵐同情地説:「太不幸了,希望她吉人有天相,早日醒過來。」

李世民一臉悲哀:「大夫説,她醒來的希望很小。我真不知怎麼辦才好!」

他的徬徨和悲傷感染了小嵐,她心裏也有點沉甸甸的。

李世民繼續説:「嵐兒是我同父同母的妹妹,自小遭遇就十分坎坷。八年前,我家遭奸人所害,留在老家的弟妹,以及幾十個僕人都被燒死了。當時嵐兒才八歲,生得漂亮可愛、聰明伶俐,我們家裏兄

弟姐妹，甚至連僕人都喜歡她。我和父親每次回老家探親，都給她帶好多吃的、玩的，把她像小公主一樣寵着。家人蒙難時，我們都以為嵐兒也死了，大家都悲痛萬分，尤其是父親，那麼堅強的鐵漢子，竟然號啕大哭，之後又大病了一場。父親始終相信嵐兒沒有死，所以八年來一直沒有放棄過，不斷派人到處打聽、尋找。」

李世民說到這裏，眼中滴下淚水。小嵐從口袋掏出手絹，默默地遞了過去。她這時才明白，為什麼他要叫曉晴曉星離開。堂堂秦王爺，不想在太多人面前露出軟弱的一面。

李世民擦去淚水，繼續說：「小妹成了李家永遠的痛，從此大家都小心翼翼地不敢提起這個名字。直到一個月前，有父親派出的密探從洛陽送來消息，說是發現有一個外貌酷似嵐兒的女孩，而且年紀相當，還是那戶人家在八年前收養的孩子。這消息令我們全家都欣喜若狂，尤其是我父皇，他令我親自去洛陽確認那女孩身分，並把她帶回家。

我十萬火急前往洛陽見那女孩，經過一番調查了解，證實那女孩兒的確是嵐兒。當年她被一個好心的士兵趁亂救了，把她托給自己的親戚撫養。士兵生怕李家的仇人發現嵐兒沒死找上門來，所以只告訴親戚嵐兒是個孤兒。而嵐兒又因為驚嚇過度，失去了部分

記憶，忘記了自己的親人。」

小嵐聽得呆了，簡直和小說情節一樣曲折離奇啊！

李世民繼續說：「我派人飛鴿傳書，把好消息告訴父皇，又馬不停蹄把嵐兒帶回家。半路上接到父皇的信，命我一定要趕在他六十大壽之前返家，並一再叮囑我保護好妹妹。但不管我怎樣小心，小妹還是出事了。拉車的馬兒受驚，馬車翻側嵐兒受傷，竟昏迷不醒。後天就是父皇六十歲生日了，他老人家一再派人來問嵐兒回來了沒有，我只好暫時瞞着他，讓家人說還在路上。但是拖幾天可以，一直拖下去也不行，如果父皇壽宴時嵐兒不出現，我就無法再隱瞞。但我怎可以告訴父皇妹妹昏迷不醒，生命隨時會逝去？父皇會承受不住的，八年前他年富力強都承受不住，現在年紀大了，就更加撐不住了。我不能告訴他這噩耗，絕對不能！」

李世民說話帶着哽咽，令小嵐禁不住也眼中垂淚。可憐的嵐兒公主，可憐的父親，可憐的哥哥……

突然，李世民站起來，走前兩步，「撲通」一下跪到了小嵐面前。小嵐一見嚇得連忙站起來，上前要扶他。

「世民大哥，你幹什麼，你快起來！」

李世民卻不肯起來，他說：「小嵐，我求你幫我

一個忙，如果你不肯的話，我就一直跪下去。」

小嵐說：「幫幫幫，我一定幫，你快起來吧！」

小嵐扶着李世民站起來，讓他坐在石凳上。

小嵐看着李世民：「世民大哥，你說吧，有什麼要我幫的。」

李世民說：「我要你做我的妹妹。」

「做你妹妹？」小嵐嚇了一跳，但又馬上醒悟過來了，「你想讓我扮作永寧公主？」

李世民點頭：「正是。小嵐長相跟嵐兒十分相似，既然衛隊長都將你認作嵐兒，相信其他見過嵐兒的人也一定會如此。至於父皇和各兄弟姐妹，跟嵐兒八年未見，就更難分真假了。而且小嵐端莊大方，很有皇家女兒風範，大家一定不會懷疑。」

「騙人不大好吧！」小嵐心裏想着，猶豫着。

李世民見她不語，又說：「你不用擔心穿幫。我會把所有有可能懷疑你身分的人都暫時調離王府，把嵐兒送到秘密地方醫治，然後就宣布你清醒的消息。小嵐，你答應我吧！小嵐，好不好？」

見到李世民懇切的目光，又想到他為了父親和家人的一片孝心，小嵐心裏一軟。就來點阿Q精神好了，「善良的騙不算騙」。於是，她朝李世民點了點頭。

「太好了，謝謝小嵐。」李世民趕忙起身朝小嵐

作揖。

「世民大哥，你別這樣客氣。你也是一片孝心，不想家人傷心。」

李世民支走了那幾個大兵，又向徐彰小聲吩咐了一番，然後匆匆走了。他得趕回去，把事情告訴妻子，讓她有個心理準備。還有他要趕緊把嵐兒送出秦王府，以避免人們發現兩個公主的秘密。

徐彰命人拿來三件黑色的披風，讓小嵐三人分別穿上。寬大的披風差點把他們整個人包了起來，再把披風上的帽子戴在頭上，拉得低低的，把他們的小臉遮住大半。

三個人你看看我，我看看你，都覺得自己這身打扮很神秘。曉星忍不住又自賣自誇：「哇，酷斃了！」

徐彰朝小嵐等作了個揖，說：「三位，請跟我來。」

小嵐三個人跟着徐管家在花園裏繞來繞去，走了好長時間終於走了出去，又沿着一條長廊走向一片華美的房子。一路上見到不少男女僕人，向徐管家躬身行禮，遇到多事者還問道：「徐管家，哪裏來的客人？」

每當有人問，徐管家都說：「是王爺請來給公主治病的神醫。」

「啊，神醫！公主有救了，公主有救了！」人們

都驚喜地把目光投到小嵐和她身後兩個半大孩子身上，心裏都祈求這位被披風裹住、看不到容貌的神醫能夠妙手回春，把公主救活。

他們都聽說了公主的事情，小小年紀就受了那麼多磨難，都很希望她能苦盡甘來。再加上，要是公主活不了，秦王爺恐怕也要遭殃了，皇上一定會怪罪下來。王爺遭殃，他們這些在秦府工作的人還有安穩日子過嗎？所以這幾天他們都日夜祈禱，希望公主早點醒來。

很快來到一幢紅牆綠瓦、有着精美花窗的房子前，只見門口寫着「寧心閣」三個字。徐管家敲了敲門，然後不等裏面回應，就拉開門，把小嵐等人讓進去，又轉身關上了門。

大廳裏的布置豪華中不失雅致，牆上掛滿各種字畫。屋裏只有一名年輕女子，生得眉清目秀、高貴大方。她一見小嵐，臉上馬上露出詫異的神色，愣了一會，才急急走到小嵐面前，抓住她的手，驚喜地說：「剛才王爺跟我說有一個跟嵐兒很像的女孩，我還不相信呢，沒想到，你真的那麼像嵐兒。」

她溫柔地打量了小嵐一會，又說：「小嵐，謝謝你肯幫忙。要不是你幫忙，我們真不知該怎麼辦呢！」

小嵐猜這位一定是秦王妃長孫無垢。從史書上知

道這是一位賢良淑德又很有智慧的女子，加上初次見面印象也很好，便笑容滿臉地說：「王妃姐姐不用客氣，舉手之勞而已。」

這時曉星見到漂亮姐姐，也嘴巴甜甜地喊着：「王妃姐姐，我是曉星，是小嵐姐姐的弟弟。」

曉晴見是偶像的妻子，也愛屋及烏，一臉崇拜地說：「王妃姐姐，你好美哦！」

王妃見到曉晴曉星這麼漂亮可愛，十分歡喜。

小嵐看見大廳一側有幅下垂的紗帳，隱隱見到裏面是個臥房，她想，那位受傷的女孩，應該就躺在那裏。

她對秦王妃說：「王妃姐姐，嵐兒公主現在怎樣了，有好轉跡象嗎？」

王妃一聽，臉上的微笑瞬間不見了，換上一絲哀愁。她歎了口氣，說：「小妹自受傷後，就一直沒醒過，除了還有一口氣，就毫無知覺。唉，這孩子真命苦。」

王妃說着，臉上簌簌掉下淚水來。

小嵐心裏也很同情那女孩，八歲就經歷血的洗禮，之後又和親人失散，現在眼看可以跟親人相聚了，可以成為萬千寵愛的公主了，但又飛來橫禍，生命危在旦夕。

她對王妃說：「我可以去看看公主嗎？」

王妃點點頭，往前帶路，撩開紗帳，讓小嵐等人走進臥房。

　　大家都放輕了腳步，彷彿怕驚醒了牀上那個昏迷的小公主。越走近，小嵐越激動，天哪，怎麼真有跟自己這麼相像的人呢！

　　年齡、身材都跟自己差不多，那張漂亮的瓜子臉，那小巧的、棱角分明的嘴，那挺秀的鼻子，也跟自己一模一樣。只是臉色白得像一張白紙，跟小嵐白裏透紅的臉很不一樣。

　　小嵐愣了好一會，旁邊的曉晴姐弟也在嘰嘰喳喳地議論着：

　　「哎呀，簡直跟小嵐姐姐一個模子印出來的！」

　　「啊，以後她醒了那就難辦了，我肯定會把她們搞錯。」

　　小嵐定了定神，彎下腰拿起小公主的手，替她把了把脈。脈象很弱，生命跡象很微，怪不得大夫說她隨時會沒命。

　　小嵐心裏歎了口氣，希望老天保佑，讓她創造生命奇跡，醒過來吧！

　　大家如進來時一樣，輕輕地走出了臥房。儘管他們知道，不管他們發出多大聲音，小公主都聽不到，但他們仍然小心翼翼的，生怕驚擾了那可憐的女孩。

第八章

再見「小麵團」

　　王妃吩咐人端上香茶和小點心，小嵐和曉晴曉星也真餓了，都不客氣地吃了個飽。

　　他們吃東西的時候，王妃已經命人準備好洗澡水，三個人各自去洗白白，然後穿上王妃準備的衣服，回到大廳。真是人靠衣裳馬靠鞍，三個傢伙脫下了不倫不類拼湊的衣服，穿上了王府準備的漂亮衣飾，哇，小俊男小美女登場了！

　　侍女替曉星找了個假髮，在他頭頂梳了個唐代男孩的小髻，看上去算得上翩翩美少年，美得他在小嵐面前轉來轉去展示着：「小嵐姐姐，你看我會不會迷死人？」

　　自戀的曉晴在鏡子前照了又照，盡情地臭美了一番。

　　小嵐用鼻子哼了一聲，真是無語！

　　這時候李世民來了，他一進門，就用讚歎的目光看着小嵐，這女孩穿上了給嵐兒準備的華服，看上去更像小公主了。不，也有一點不大像，嵐兒少了她那

份堅定自信，那種高貴大方⋯⋯也就是說，這認來的妹妹，比自己親妹子更像一位皇家千金。

這秦王爺做夢也沒想到，人家小嵐可是二十一世紀真真正正的第一公主啊！

當下李世民大喜，也許是上天憐憫，不想李家遭受骨肉得而復失的痛苦，特地給他送了一個妹妹來。不，應該是老天爺可憐自己，給自己送了一個福星來。

李世民把自己對小妹的愛完全投射到了小嵐身上：「小嵐，不，嵐兒，我從現在得開始這麼叫你了。」

小嵐笑着說：「行，反正都有個嵐字，很容易適應。」

李世民微笑着點頭：「看來你跟我小妹也真是有緣呢！名字都一樣。嵐兒，明天就是我父皇生日，我剛才已派人通知父皇說已把你接回，明天我就要帶你進宮。小妹沒受傷之前我跟她聊過，童年時的事她大多記不起來了，大夫說應是那些血腥場面令她受到很大刺激，以至失去了大部分記憶。所以，我想你見到我的家人時，就裝作全都記不起往事，這樣可避免出現破綻。」

「嗯！」小嵐點點頭。

李世民又說：「為免麻煩，我已經把昨天那五個

府兵解決了。所以，除了我們兩夫婦，徐總管和幾個心腹僕人，沒有人知道你和你弟弟妹妹之前的那段經歷……」

「啊！你把那幾個士兵殺了？」小嵐聽李世民把那幾個人解決了，不禁大吃一驚。

那幾個府兵抓他們也只是執行命令而已，何況也沒虐待他們幾個。這就把他們殺了，那就太殘忍了。

李世民一聽笑了起來：「放心好了，我說的『解決』不是殺了他們，而是把他們每人都升了一級，調去守邊關了。他們還十分開心呢！」

「哦，原來如此！」小嵐這才鬆了一口氣。

李世民說：「現在讓王妃教教你們宮廷禮儀。」

秦王妃開始教他們進宮後的規矩，包括見了大臣怎樣相見，見了皇帝怎樣行禮，吃飯禮儀，對話禮儀……

三個孩子教一遍就會了，喜得王爺王妃都稱讚他們聰明。

其實嘛，這跟他們聰不聰明無關，而是他們早已見過許多世面了。不是嘛，他們不但在現代跟許多國王、大臣相處過，而且還見過秦始皇、明成祖朱棣。那些宮廷禮儀無非大同小異。

見到秦王妃還有點不放心，不斷叮囑這叮囑那，小嵐笑笑說：「世民大哥，王妃姐姐，你們放心吧，

我會見機行事的，一定讓皇上有一個開開心心的壽辰。」

王妃笑瞇瞇地說：「嵐兒，你也應該改口了，叫王爺做二哥，叫皇上父皇，叫我二嫂。」

小嵐起身，朝李世民和秦王妃行了個禮：「嵐兒拜見二哥二嫂。」

眼前的小嵐貌美如花，更難得行為得體、落落大方，喜得王爺夫婦二人連忙扶起，連叫「嵐兒免禮」。

一切準備妥當，應該沒什麼破綻了，李世民這才放下心來。他命令一直站在一邊候命的徐總管和一名心腹僕人，拿出準備好的擔架，他自己親手抱起李嵐兒，輕輕放到擔架上，又用一牀輕軟的絲被子連頭帶腳蓋上。

李世民對徐總管說：「嵐兒在玄妙庵養病的事一定要保密，我剛才已叫人快馬送了一封信去交給那裏的住持妙善大師，她會接應你的。另外，春桃和夏香已在外面的馬車上等着，她們負責在庵裏侍候嵐兒。」

徐總管不住地點頭：「放心吧王爺，小人一定把公主安置得妥妥當當。」

徐彰領命後推開大門，準備抬公主出去。沒想到門一推開，啊，屋裏的人全都嚇了一大跳——外邊的

庭院裏，黑壓壓站了一大羣人，他們一見徐彰打開門，都焦急地問道：「公主怎樣了，神醫治好她了嗎？」

原來，王爺請來神醫救治公主的事早已一傳十，十傳百，傳遍了整個王府，許多能臨時放下工作的府兵和僕人都來了，希望第一時間知道公主的消息。

李世民見府中人都這麼關心公主，心裏很感動，於是拉着小嵐走出大門，宣布說：「公主已被神醫救醒，大家有心了。」

馬上響起一陣歡呼，人們接着又七嘴八舌地喊道：

「恭喜公主，賀喜公主！」

「啊，公主好美啊！」

「天哪，公主簡直像天仙一樣！」

「公主千歲，公主千千歲！」

小嵐心裏覺得暖暖的，沒想到自己穿越時空來到一千年前，竟有這麼多人愛自己，關心自己，真是好幸福哦！

這時，李世民舉手做了個肅靜的手勢，人們馬上安靜下來，李世民說：「神醫治好了公主，但自己卻耗去所有精力，昏倒了。現在讓徐總管護送他去山上靜養一段時間。」

他朝徐總管打了個眼色，徐總管會意，便和心腹

僕人抬起用被子蒙住的嵐兒，走出寧心閣。

僕人們趕緊閃出一條通道，讓擔架過去。他們心裏都在讚歎，這捨己救人的神醫好偉大啊！

李世民待眾人散去，便派人快馬進宮向父皇報信，明天會偕同永寧公主進宮覆命，並向父皇祝壽。

突然，門外來了一個小人兒，他走路還有點不太穩，顯得跌跌撞撞的，屁股一扭一扭地來到門口，也不說話，只管努力抬起小胖腿，邁過門檻，進了大廳。嘴裏在叫嚷：「阿爹，阿娘，我要吃糕糕！」

小嵐三人一看，啊，「仇人相見，分外眼紅」，就是這小麵團，忘恩負義，令救命恩人被關進牢裏，還差點掉了腦袋。大家恨不得衝過去，把他臉上的肉肉揹一塊下來。

看，這小子還裝糊塗啊，也不瞧小嵐他們一眼，徑自挪動着小粗腿跑去他娘跟前，又以迅雷不及掩耳之勢拿了桌上碟子裏一塊桂花糕。

「這孩子，就知道吃。」王妃指指小嵐，對小麵團說，「來，快見見小姑姑。」

「小姑姑。」小麵團脆生生地喊了一聲。

他眼珠定定地盯了小嵐一會兒，突然邁開兩條小粗腿，跑到小嵐跟前，指着手背上破了皮的地方，說：「呼呼，呼呼！」

小嵐心裏又好氣又好笑，那破了皮的地方早沒事

了，還「呼呼」！看着小麵團一臉無害的燦爛笑容，小嵐的心都被融化了，一把抱起小麵團，在他臉上狠狠地親了一口。

　　「我也要！我也要！」曉晴曉星張牙舞爪地撲了過來，往小麵團臉上啃去。

第九章

問題小子

夜涼如水。小嵐靠在窗前，望着天上一輪明月，浮想聯翩。

這幾天發生的事，真好像在作夢。糊里糊塗穿越時空來到大唐，又糊里糊塗地被當作人販子關進了秦王府，最後機緣巧合成了唐朝的永寧公主。

當公主對小嵐來說已沒有太多的新鮮感了，但令她興奮的是成了李淵的女兒，李建成、李世民、李元吉的妹妹。而這四個人恰恰就是「玄武門之變」的關鍵人物。

「玄武門之變」令骨肉相殘，李世民不但殺了李建成、李元吉，之後還把他們的家人以及府中的僕人兵將也殺了，兩千多人死於非命。每次讀唐朝歷史時，小嵐最不能接受的就是這件事，這令唐太宗李世民這個古代著名人物在她心目中大大減分。

兩千多條人命啊！小嵐想想心中都覺得恐怖。雖然史書記載是李建成要殺李世民，李世民為了自保才這樣做。但是，不管怎樣也不能殺人。何況，殺的人

絕大多數人都是無辜的。

聽說李元吉有個兒子還是個吃奶的嬰兒。

想到像小麵團那麼可愛的孩子要死於非命，小嵐不禁打了個冷顫。

但由於「玄武門之變」，李世民才當了皇帝，才有了後來的大唐盛世，有了「貞觀之治」。如果自己制止了「玄武門之變」，李建成當了皇帝，那這段歷史會對中國產生什麼影響呢？

據記載李建成資質平庸，如果他繼位之後，沒能好好管理國家，那造成的禍害，可能遠不止死去兩千人。

如何令李世民順利登位，但又可以制止那場殺戮？

「小嵐姐姐！」曉星拉着曉晴的手，走進了小嵐的房間。

曉星興高采烈地跑到小嵐跟前，說：「小嵐姐姐，恭喜你又當公主了。」

小嵐說：「有什麼好恭喜的，不就是當個公主唄！」

也是！對小嵐來說，令人豔羨的公主身分，在她眼裏已經是毫無驚喜了。

曉晴歎了口氣：「唉，小嵐你的命怎麼就那麼好呢！數數看，你都當了六、七個國家的公主了。唉，

我為什麼就不跟永寧公主長得一樣呢！不然，我當個假公主也好啊！」

「算了吧，我們在這大唐，不過是過客而已，幹嗎要這樣患得患失的！」小嵐説，「也許，老天爺讓我們來到這個年代、這個地方，是要我們改變歷史，拯救在『玄武門之變』中無辜失去生命的人呢！不如，我們想想怎樣才能救出建成元吉兩兄弟，還有他們的家人吧！」

曉星響應道：「對對對！我們有機會接觸秦王，小嵐姐姐又做了公主，這事就好辦多了。我們最好想一個辦法，讓李建成自動把太子之位讓給李世民。」

「你傻呀！哪有人肯把皇位讓人的。」曉晴瞪了弟弟一眼，又説，「我想，我世民哥哥這麼好的人，或者我們説服他，請他奪了皇位就算了，別去殺人。」

曉星説：「姐姐，我看你才傻呢！既然世民哥哥可以想到去奪太子的皇位，那他必定也害怕太子將來再反戈一擊，把皇位奪回來。所以他怎會答應放過太子和齊王呢！」

曉晴見弟弟反駁自己，不由得發起小脾氣：「好啊，你説這辦法不行，那你拿出更好的辦法來！」

曉星摸摸腦袋：「我想不出……」

小嵐打了個呵欠：「算了，我也睏了，睡覺

吧。」

曉晴和曉星離開寧心閣後，又聽到有人敲門：「小姑姑！」小麵團來了。

小嵐把他抱起來，叫着他的名字說：「圓圓，怎麼一個人跑出來了，這麼晚了還不睡覺？」

小麵團說：「嘻嘻，阿花姐姐在打瞌睡呢，我跑出來她也沒發現。我想去花園玩。」

「圓圓乖，明天小姑姑再帶你去花園玩，好不好？」

「為什麼要明天呢？」

「因為小姑姑現在很睏。」

「為什麼會睏呢？」

「因為現在已經很晚了。」

「為什麼很晚就會睏呢？」

「因為……哎呀，怕了你了！」

聰明伶俐的小嵐竟被小麵團問得無話好說，只好乖乖地牽着小麵團去花園了。

小嵐一邊走一邊打瞌睡，小傢伙卻是興致勃勃的，東逛西逛走累了，拉着小嵐坐在小竹林裏的一張石凳上，他歪着頭望着天空的一輪明月，眼睛撲閃撲閃的，長長的睫毛就像兩隻拍翼待飛的黑蝴蝶。他又開始問問題了：

「小姑姑，月亮為什麼跟着我們走呢？」

「因為它喜歡圓圓。」

「它為什麼喜歡圓圓呢？」

「因為圓圓乖。」

「圓圓為什麼乖呢？」

「因為……」小嵐受不了啦，正準備教訓一下那問題小子，卻發現他身子一倒，在自己懷裏呼呼地睡着了。

小嵐這才鬆了口氣。不過，她馬上又發現問題大了——小麵團已經有點重了，她抱不動。

怎麼把這小傢伙弄回去呢？小嵐正在想着，忽然聽到一陣腳步聲由遠而近。

小嵐透過竹林的空隙往外看，見到有五個人沿着小路一路向湖心亭那邊走去。

月色很好，所以小嵐清楚地看到他們的模樣。五人當中有一個是李世民，另外四個不認識。只見到那五個人進入亭子，坐了下來。

雖然他們說話聲音很小，但耳朵特別靈敏的小嵐仍聽到他們說的話。

「今天月亮好圓，賞月真不一定是中秋啊！」有人說話，聲音斯斯文文的。

一把粗獷的聲音：「房玄齡，你們壞鬼文人怎麼就這樣喜歡賞月！我們大老粗不好這些，月亮有什麼好欣賞，又不能吃！侯君集，你說是不是？」

一個武將打扮的人說：「尉遲敬德說得對。賞月有什麼好玩，我寧願回家睡大覺。」

其中一名文人打扮模樣的人說：「難得有空一塊出來賞月聊天，就你們這兩個傢伙真掃興！」

接着聽到李世民聲音：「無忌，你有什麼想說的就說吧！我早知道你們約我出來賞月是假，有話說才是真。」

「王爺英明，真是什麼也騙不過您。其實我們是想跟您說起事的事情。太原起兵時，皇上本來答應奪取江山後立你為太子，但後來卻又改立大公子建成。現在，又想奪你的軍隊統領權……」

尉遲敬德氣呼呼地說：「都怪那太子和齊王背地裏搞鬼，在皇上面前說你壞話，令皇上不信任你。現在皇上仍在位，他們都敢這樣，到將來太子登位，一定不會放過王爺您的。」

「敬德別這樣說。我理解太子為什麼這樣做，他只是想保住自己的太子之位。」李世民歎了口氣，「我不想因為爭帝位而骨肉相殘。至於將來我的下場怎樣，大不了就是急流勇退，我到邊遠地方守邊陲，遠離京城，不會威脅到大哥的皇位，他應不會對我怎樣。」

「王爺此言差矣。第一，以太子的為人，他登帝位後，一定容不得你，不管你走多遠，都是他心上一

根刺，他一定不會留你在世上。第二，眾所周知，王爺的能力，遠在太子之上，將來大唐的興盛，一定要靠王爺。王爺不管是為自己着想，還是為大唐着想，都要爭這帝位。」

「王爺，您就聽我們勸，殺了太子和齊王，讓皇上改立你為太子！」

原來是秦王的一班親信，在鼓動秦王奪太子位。

亭子裏的人，可全是歷史上赫赫有名的人物啊！

房玄齡，是李世民的謀士，那叫無忌的，是秦王妃的哥哥長孫無忌，那尉遲敬德即是大將尉遲恭，他和侯君集一樣，都是秦王麾下很能打的武將。這班人，都是未來唐太宗李世民的重要大臣和大將軍。

且聽李世民怎樣回應。

李世民說：「骨肉相殘，我實在下不了手。這事，再說吧。」

「王爺，您要儘早拿主意啊！」

「好，我會考慮。」

之後李世民有意無意地把話題轉移了。

小嵐想，「玄武門之變」已經拉開序幕了，得儘快想辦法制止這場流血事件。

低頭看着躺在石凳上的小麪團，發愁怎麼把他弄回去，幸好這時小麪團打了個大大的呵欠，醒了。

「呵嗚……小姑姑，為什麼我竟然睡着了？」

小嵐捏了他肉肉的臉蛋一下，説：「這個問題得問你自己。」

　　小嵐心裏喜滋滋的，為自己終於把小麵團的問題打了回去。

　　「因為……」小麵團竟回答不出。

　　「回去吧！問題小子！」

　　「什麼叫問題小子？」

　　我的天！小嵐心裏暗暗叫苦。幸好救星來了——負責照顧小麵團的丫鬟阿花和另外幾名小丫頭打着燈籠找來了。

第十章

皇帝的眼淚

馬車晃晃悠悠走了大約十來分鐘，停了下來。小嵐用手撩開簾子，發現原來已到了皇宮大門口。

只見在湛藍色的天空下，一座金碧輝煌的宮殿映入眼簾，朱紅色的牆壁，金黃色的琉璃瓦，說不出的皇者氣派。

小嵐心裏有點激動，這就是唐朝宮殿嗎？真沒想到自己能踏足這裏。

騎馬走在車隊最前面的王府衞隊長，向守宮門士兵出示了秦王府腰牌，士兵一見，慌忙朝車隊敬了個禮，說：「請秦王入宮！」

車隊又開動了。剛走進宮門，便見到有一名三四十歲太監打扮的人，領着兩名小太監候着，見到秦王府車馬，便大聲說：「陳誠拜見秦王！」

坐在最前面馬車的李世民從馬車上探出身子，笑着說：「陳公公，免禮。」

陳公公笑着說：「奴才在此守候多時了。皇上有旨，秦王爺一到，便請帶公主徑自上正殿見駕。王妃

及小王爺等請先往天福宮。」

李世民說：「有勞陳公公。」

李世民說完，一揮手，車隊徑直朝皇帝議事的正殿駛去。

又走了一段時間，車隊停在一座巍峨的大牌坊前面，因為之後車馬便不能內進，要步行進去了。

李世民吩咐秦王妃帶着小王爺及曉晴曉星先去天福宮，然後牽着小嵐的手走進了牌坊裏。

牌坊裏是一個偌大的廣場，幾十米外的終端，正是皇帝和大臣們議事的正殿。

廣場的兩旁各站了一列長長的宮女，從牌坊到正殿，足有數百人之多。一見李世民和小嵐，兩列宮女齊齊下拜，齊聲叫道：「恭迎秦王爺，恭迎永寧公主！」

李世民牽着小嵐的手，沿着中央那條長長的紅地毯，向正殿走去。

小嵐說：「二哥，這些宮女每天都在這裏迎接上朝的大臣嗎？」

李世民笑着說：「不是。今天是為了歡迎永寧公主回歸，才這樣隆重的。」

小嵐睜大眼睛：「皇上對公主真好。」

李世民說：「不止父皇，我們兄弟姐妹都喜歡小妹。加上她這些年來孤苦伶仃流落在外，受了很多

苦，所以都想給她補償更多的愛。可惜……」

李世民想起仍在昏迷中生死難料的小妹，心裏很難受。

小嵐明白李世民難過什麼，她扭頭看着李世民：「二哥，別難過。我相信永寧公主福大命大，一定會好起來的。在她清醒之前，就由我來替她盡孝吧！」

李世民感激地看着小嵐：「謝謝你，小嵐。」

說話間，已走近正殿大門口。十多名持刀的大內侍衞雄糾糾氣昂昂分站在兩邊。

站在門口的太監總管劉公公，見到李世民和小嵐走近，便亮開嗓子喊起來：「秦王到！永寧公主到！」

他身後的那兩扇厚重的紅色大門，咿咿呀呀地慢慢打開了，小嵐看見了氣派萬千的金鑾殿，看見了站立兩邊的高矮肥瘦不一的大小朝官，看見了坐在龍椅上那個留着長鬚的皇帝。

這就是李淵嗎？這就是那個滅了大隋建立了唐朝的李淵嗎？小嵐停住了腳步，愣愣地看着那位不知多少次從書本上、從電視劇裏見過的皇帝。

原來真正的李淵是這樣子的。

這邊廂馬小嵐呆呆地看着皇帝，那邊廂李皇帝也愣愣地盯着小嵐，忽然，李淵站了起來，不顧儀態跌跌撞撞地朝小嵐奔去，一把摟住，然後老淚縱橫：

「嵐兒，嵐兒，我的心肝寶貝，父皇對不起你，對不起你！」

一班大臣都知道八年前皇上老家遭血洗（那時李淵還沒有登上皇位），八歲小丫頭死裏逃生流落民間之事，對公主早存了憐憫之心，現在見到皇帝流淚，許多人竟都忍不住陪着掩面而泣，令到朝堂上一片悲悲戚戚，小嵐本是心地善良的女孩，見到李淵痛哭，眼裏不禁也閃出淚花，心裏嗟歎：「可憐天下父母心」，即使強勢如帝王，在小兒女面前也會露出柔軟的一面。

「父皇，不哭，不哭哦！」

李淵哭得像個小孩子，反而要小嵐安慰。

李世民眼含熱淚，和小嵐一左一右，把李扶回了龍椅，又命太監取來面巾，替李淵擦了把臉。

等李淵回復心情，小嵐便跪地下拜：「嵐兒拜見父皇，祝父皇萬歲萬歲萬萬歲！」

李淵此時又是威風凜凜皇帝一個，他朗聲說：「皇兒平身！」

這時，他才顧得上好好看看自己失而復得的女兒。只見眼前女孩眉清目秀、唇紅齒白，雙目顧盼有神，一張秀氣的瓜子臉上綻放着燦爛的笑容，好一個美麗又開朗的女孩兒。

李淵有許多兒女，但攝於皇帝威嚴，在他面前無

一不是戰戰兢兢、死氣沉沉的，有如木偶人一般，哪比得眼前這小女孩大方得體。李淵不禁心中歡喜。

　　老人家一開心，就巴不得把什麼好東西全給兒女，於是皇帝金口一開，賜給小嵐瀟湘別院作公主府，華衣美服百套，各種金呀銀呀玉呀首飾五十盒，另賜黃金千兩。

　　小嵐聽得呆住了，這老人家可真闊綽啊！

　　她想了想，說：「父皇，聽說南方最近大旱，兒臣懇請父皇把所賜黃金、衣服、首飾的一半折成銀兩，送到災區作施粥濟民之用。」

　　李淵一愣，接着大喜：「難得嵐兒這樣心繫天下百姓。朕就依你所言，把錢送到災區，開設粥廠，接濟百姓。」

　　眾大臣也對這又漂亮又善良的女孩由衷敬佩，紛紛出班奏道：

　　「永寧公主仁德兼備、美麗非凡，不愧為天之嬌女！」

　　「恭喜皇上得此慈悲為懷的好公主！」

　　「如此出類拔萃的公主，一定會給大唐帶來好福氣，大唐一定國運興隆、四海昇平。」

　　老人家最開心的是什麼？當然是聽到別人稱讚自己的兒女了！李淵當下開心得見牙不見眼：「哈哈哈，眾卿家說得好，說得好！嵐兒真是朕的好女兒，

朕的小福星！」

　　李淵一陣開懷大笑之後，又開金口說：「眾卿家很得朕心。好，朕這就下旨，為慶賀公主回歸，本月所有朝官發放雙份俸糧。」

　　「謝皇上！」百官喜出望外，叩謝之聲響徹朝堂。

　　大家心裏都喜滋滋的。剛剛說公主會帶來福氣只不過是拍馬吹牛而已，沒想到這個小福星馬上就給他們帶來了好運。妙哉妙哉！

　　李淵說：「好，現在退朝吧，朕要帶小福星去見她的母后及兄姐。」

　　李淵起身走向小嵐，一臉慈祥的笑容，拉着她的手，向外走去。

　　身後，劉公公大聲說：「皇上有旨，今晚凌霄殿設宴，慶祝永寧公主認祖歸宗。皇上與大臣同樂，欽賜各位一同飲宴。」

　　「謝皇上！皇上萬歲萬萬歲！」大臣們又是一陣大呼萬歲。

　　李淵用寵溺的眼神看着小嵐：「嵐兒，來，你的二娘和兄弟姐妹在天福宮等着你，朕帶你去見他們。」

第十一章

公主駕到

　　天福宮是皇家親人平時設家宴的地方，此刻濟濟一堂。連平時不喜歡應酬托故不出席的皇子公主都來了。正中處坐着雲貴妃，她旁邊空着一個座位，顯然是留給李淵的。下面左右兩面，各坐了長長的一排人，都是李淵的兒女。左邊首位坐着太子李建成，右邊的首位空着，那是留給秦王李世民的。他們都在等候着那位流落民間八年之久的公主出現。

　　建成和元吉也是李淵的妻子竇皇后所生，跟世民、嵐兒是一母同胞。竇皇后幾年前因病去世，臨死前眼中流淚，說一生中最遺憾就是失去小女兒，希望建成、世民、元吉三兄弟不要放棄尋找妹妹。因此，自知道嵐兒有了下落之日起，他們就日夜盼望早日見到妹妹。當下，兩人不住伸着脖子看着大殿外面。

　　「四哥，聽說這位妹妹長得漂亮可愛，是嗎？」六公主李婉文睜着一雙好奇的大眼睛，向四王子齊王李元吉發問。李婉文小時跟在父親身邊，沒跟小妹嵐兒一起生活過，所以連嵐兒長什麼樣子都不知道。

李元吉點點頭：「是的。我跟父親回過幾次老家，嵐兒那時雖然還很小，但已長成個美人胚子。加上她人又聰明，所以大家都喜歡她。」

　　八公主李婉惠聽了撇撇嘴：「我說呀，嵐兒流落民間八年，收養她的又是平民百姓，說不定現在的她，因為缺乏教育，成了一個又蠢又笨又沒教養的傻妹呢！」

　　李建成瞪了八公主一眼，說：「八妹，你少說兩句不好，不管小妹變成怎樣，我們都要疼她愛她。她當年在老家飽受驚嚇，然後又在民間吃盡苦頭，我們都要對她好，以撫慰她這些年的不幸。」

　　八公主嘟着嘴，不滿地看着兩個兄長：「好啊，你們欺負我！有了小妹，你們眼裏就沒有其他姐妹了。」

　　元吉斜了她一眼：「我們把你扔到民間受八年苦，回來就像對小妹一樣疼你，好不好？」

　　八公主身子扭得像麻花：「我不要！我不要！要我做個普通民間女子，我寧願死！」

　　一直沒出聲的雲貴妃見他們吵鬧，便說：「好啦好啦！別鬧了，估計你們父皇也快回來了，聽見你們吵他會不高興的。這八年來他沒有一天不想念嵐兒，一想到她小小年紀喪生火海就心裏滴血。現在嵐兒沒有死，還回來認祖歸宗，他不知有多高興。他一定希

望你們兄弟姐妹都對她好，你們不要做令父皇不高興的事。建成說得對，我們都要補償她，都要對她好，聽見沒有？」

李淵很愛寶皇后，所以在她去世後，一直沒有再立皇后，現時這雲貴妃在所有妃子裏是地位最高的一個。

這雲貴妃平時待人和善，不管是她親生的孩子，還是其他妃子所生孩子，都一視同仁，一樣的關心，所以眾兒女都尊重她。當下大家一齊應道：「謹遵母命！」

唯獨八妹沒吭聲，她心裏很不服氣呢！這八公主是雲貴妃所生，她不但長得漂亮，而且聰明伶俐，琴棋書畫樣樣都懂，所以在眾姐妹中是最受寵的一個。現在突然來了個妹妹，還是父皇想念了八年的，又是哥哥們自小就寵愛的，還是皇后的骨肉，她實在是心理不平衡。

正在這時，外面響起通傳太監的聲音：「皇上駕到！秦王駕到！公主駕到！」

大家一聽，都急忙跪地迎接。八公主雖然心裏別扭，但也不敢不跪在地上。

李淵人未見但已聽到他開心的笑聲：「哈哈哈，我的嵐兒回來了！」

眾人跪地叩拜：「孩兒拜見父皇！」

「臣妾拜見皇上！」

「哈哈哈，平身，平身！」

大家站起身，就見到喜上眉梢的李淵，挽着一個花樣年華的少女走了進來。

她就是嵐兒？！

大家的目光都「刷」的一下落到少女身上。只見她身材苗條，身上穿着淡綠色衣裙，腰間繫着一條白色流蘇；秀髮潤澤，一縷細細的青絲垂在右肩，更顯嬌俏；線條優美的瓜子臉透出水晶般的亮澤，黑亮的眼眸顧盼間華彩流溢，鼻子精緻挺拔有如美玉雕成，緊抿着的嘴唇盪漾着自信的微笑。她款款而行，步態雍容貴氣，氣質清新脫俗，恍如小仙子飄落凡間……

由於嵐兒小時候便留在老家由傭人照顧，後來又失了蹤，李家的兄弟姐妹大多未見過她，連雲貴妃也是第一次見面，所以大家都不眨眼地看着這個美得耀眼的小姑娘。建成元吉曾多次跟隨父親回老家探望，但他們記憶中還是那個粉雕玉琢像水晶娃娃般漂亮的小小女孩，如今見到這風華正茂、儀態萬千的美少女，也都不禁看呆了。

小嵐見慣大場面，在眾目睽睽之下並未感到半分尷尬，只是走到雲貴妃面前，行了個禮：「嵐兒見過母妃。」

雲貴妃見小嵐生得清秀可人，又禮數周到，心中

不禁十分喜歡，伸出手拉着小嵐，笑瞇瞇地上下打量着：「怪不得元吉説你自小就是美人胚子，果真美若天仙。」

小嵐笑着説：「謝謝母妃誇獎。」

雲貴妃看着小嵐，嘴裏不停地説：「不錯，不錯。」

她從手腕上褪下一隻晶瑩潤澤的玉鐲，給小嵐戴上，説：「這翡翠手鐲，就當是見面禮吧！」

八公主不高興地説：「好啊，母妃，那隻鐲子我問你要了幾次，你都不給我，現在卻送給外人。」

李淵生氣地説：「什麼外人，嵐兒是你妹妹。」

八公主被父皇責怪，扁着嘴，一雙眼睛怨憤地盯着小嵐。

小嵐看了她一眼，臉上露出了一絲嘲笑。真是一個沒教養的刁蠻公主！

雲貴妃拉着小嵐的手，給她介紹兄弟姐妹。首先走到坐首位的建成面前：「嵐兒，記得這是誰嗎？」

小嵐抬眼看去，面前的大哥哥大約三十來歲，有着跟李世民很相像的英俊臉龐，一雙朗星般的眼睛，和藹可親的笑容⋯⋯

小嵐一下就猜着這人是誰，她喊了一聲：「建成大哥！」

建成一下子拉住小嵐的手，忘形地喊道：「嵐

兒，太好了，你還記得大哥，你真的記得大哥！」

「嵐兒，我們盼你回來，足足盼了八年！」說着，眼裏竟流出了淚水。

這時，一旁的元吉走上來，說：「嵐兒，你記得我嗎？」

小嵐瞧瞧元吉，見他大大咧咧的樣子，相貌跟建成世民很相像，但年紀又比李世民年輕：「你是元吉四哥？」

「哈哈，嵐兒沒忘了四哥，不枉小時候四哥那麼疼你！」李元吉哈哈大笑，又一伸手把小嵐抱起來，轉着圈圈。

李淵一見忙喝道：「元吉，停停停，別把我的嵐兒轉暈了！」

李元吉這才放下小嵐。幸虧小嵐平日有鍛煉身體，要不真讓元吉轉得昏頭轉向呢！

這邊雲貴妃給小嵐介紹完兄弟姐妹，那邊李淵已讓人在他身邊加了一套桌椅，讓小嵐坐在他身邊。

李淵看看小嵐，又看看他的其他兒女，不由得仰頭哈哈大笑：「朕最疼愛的嵐兒今日認祖歸宗，朕心願足矣！」

看到父皇和各兄弟姐妹都對小嵐好，八公主早氣成了一隻鼓氣青蛙。哼，你只不過是流落民間的野丫頭，竟敢搶走我的風頭，搶走父皇母妃還有兄弟姐妹

的寵愛，一定要讓你知道我的厲害，知道我的了不起！她想，小嵐被普通百姓養大，一定什麼都不懂，什麼都不會，她決心讓小嵐在眾人面前出醜。

她對李淵說：「父皇，今日嵐兒妹妹回歸，這麼高興，我們彈彈琴賽賽詩，活躍一下氣氛好不好？」

「好啊！」李淵不知八妹心裏的鬼主意，也想看看近來兒女們有沒有長進，便點了點頭。

八公主命人拿來一個古琴，放到小嵐面前的桌子上。她裝出一副熱情的樣子，對小嵐說：「嵐兒妹妹，父皇和哥哥都讚你自小聰明，想來琴藝一定高超，不如就由嵐兒先彈奏一曲，讓我們學習學習，好不好？」

大家也很想看看小嵐有什麼本領，都大聲讚好。

小嵐明知八公主沒安好心，但她一點不怕。正好借機煞煞你刁蠻公主的氣燄呢！不就彈古琴唄，有什麼難的？小嵐媽媽趙敏就有一手好琴技，在媽媽的教導下，小嵐的古琴彈得棒極了。

於是，小嵐笑笑說：「好啊，那我就獻醜了。就彈《高山流水》吧！」

所有人都安靜下來，準備欣賞小嵐的琴曲。當然，八公主是想看小嵐出醜。

小嵐凝神靜默了一會，十指在弦上一揮，音隨意轉，馬上把大自然的美妙融進了琴聲裏。只聽得旋律

典雅，韻味雋永，讓人彷彿進入巍巍的高山，看到雲霧繚繞，聽到松濤颯颯。又似站在海邊，聽得波浪洶湧，浪花激濺⋯⋯

大家都驚呆了，小嵐的琴技，竟超越了他們在坐的任何一位。

一曲終了，建成帶頭，大家都鼓起掌來。李淵更是翹起大拇指，嘖嘖讚歎。大家都沒想到，長在民間百姓家的小嵐，古琴竟然彈得這樣出色！

在眾人由衷的讚歎中，只有八公主臉色很不好看。自己想令小嵐出醜，沒想到卻給了她一個出風頭的機會。她一計不成，又生一計，心想，就不信你這土包子樣樣都出色。

八公主想了想，又對李淵說：「父皇，沒想到嵐兒琴彈得這麼好，我想大家都不敢再班門弄斧了，不如我們換一個遊戲，大家來作詩，怎麼樣？」

李淵還沉浸在小嵐的琴聲中，笑瞇瞇地說：「好好好，就作詩，作詩。」

八公主又指指宮殿一角那棵怒放的梅花，說：「父皇，我們就用梅花為題好不好？」

李淵點頭同意：「好，就用梅花為題。」

八公主見李淵同意，便對小嵐說：「嵐兒，還是由你先示範一首，好嗎？」

小嵐愣了愣。小嵐是公認的才女，她的小說還得

過國際獎項呢。但是寫古詩，向來不是現代人所長，小嵐也不例外。

八公主打什麼主意小嵐很清楚，所以絕不能在她面前認輸。小嵐想了想，算了，就借別人的詩用用。就唸一首王安石的五言絕句《梅花》，嚇嚇這自以為是的刁蠻公主。王安石伯伯，借您的詩一用，對不起哦！

於是，小嵐說：「沒問題！」

小嵐說完站了起來，走到宴會廳中間，一手收在背後，昂頭吟道：「牆角數枝梅，凌寒獨自開。遙知不是雪，為有暗香來。」

「好！」李淵喊了聲，「好詩，好詩！」

所有人都鼓起掌來。當然，除了那想為難小嵐的八公主。

八公主這回是徹底認輸了。她不敢再出壞點子，生怕再給小嵐表現的機會，只好低下頭，氣鼓鼓的不作聲了。

大家都用佩服的目光看着小嵐。李淵尤其開心，他一向期望子女多才多藝，所以為子女請了在各方面都十分出色的老師，每日在宮中教他們各種技藝。沒想到，嵐兒這個長在民間的公主，還遠比他們優秀。李淵看着小嵐，笑得連下巴的鬍子都一抖一抖的。

第十二章

好多好多禮物哦

唉，好累啊！

小嵐參加完晚宴回到秦王府，跟着丫鬟回到寧心閣自己的臥房，就像死豬一樣四腳朝天躺了下去。幾個丫鬟弄好了洗澡水，過來勸了又勸，才勸得小嵐閉着眼睛一寸寸挪着去了洗澡間洗澡，洗完後又一頭倒在牀上。

這一天裏，她也不記得究竟認了多少親戚，除了之前在天福宮見過的母妃、哥哥、姐姐，又見到了許多皇親國戚，叔叔伯伯姨媽姑爹，更有姑表姨表兄弟姐妹一大堆，還有朝中重臣，什麼丞相、國公、大將軍，喊人喊得嘴巴都乾了，微笑笑到臉都僵了，接禮物接到手抽筋了……這輩子都沒這麼累過。

天哪，早知道李世民家有這麼多親戚，自己就不答應他扮公主了。永寧公主，你快醒來吧，你知不知道，替你當這個永寧公主有多累！

「小嵐，快來，快來拆禮物！」偏偏曉晴曉星不放過她，跑來一人抓着她一隻手，拚命拉她起牀。

「我累，我不去！」小嵐使勁掙脫。

曉晴說：「小嵐，你快去看看，皇帝伯伯把剛才大家送你的禮物用馬車載回來了，都堆成小山了！」

曉星說：「是呀是呀，小嵐姐姐，真是好多好多禮物。拆禮物好好玩哦！」

小嵐拗不過這姐弟倆，只好罵罵咧咧地跟他們走到大堂，啊，這麼多！那小山似的禮物令她嚇了一大跳。

曉晴曉星早已興致勃勃地開始拆禮物了。

「哇，好漂亮！小嵐你可真幸運啊，來到唐朝又撈了個公主當，還這麼多人喜歡你！」

「哇，好好玩！小嵐姐姐你看這玩意兒……」

曉晴感興趣的是那些首飾，那麼的精緻，品種多樣又高貴，是她在現代沒見過的。而曉星感興趣的是那些玩的東西，七巧板、九連環、魯班鎖……

「小嵐姐姐，快來玩！」曉星拿着玩具喊道。

「呼嚕呼嚕……」小嵐早伏在桌上睡着了。

第二天一大早，小嵐醒來發現自己躺在牀上，不知道是自己挪回來的，還是被誰扛回來的。

她撩開紗帳，起了牀。

外面等着侍候的僕人聽見動靜，齊聲說：「公主早安！」

小嵐說：「早。進來吧！」

那厚重的帳子一掀，四個丫鬟走了進來，一齊朝小嵐行禮：「拜見公主。」

小嵐看了看，認得是昨晚侍候過自己的那幾個丫鬟，便說：「請起。」

只見其中一個年紀稍大的說：「回稟公主，奴婢是春花。王妃派我來侍候您的。您的瀟湘院裝修後，我也會跟您搬過去，做您的管家。」

她又指着另外三個丫鬟說：「她們是夏荷、秋菊、冬梅，是負責貼身侍候您的。」

小嵐點點頭，說：「好，辛苦你們了。」

「侍候公主是我們的福氣。」春花說完，又說，「請公主洗漱。」

夏荷捧來盛着暖水的臉盆，要替小嵐洗臉。小嵐一向沒有讓人侍候的習慣，她說：「放下吧，我自己來。」

夏荷說：「是。」

小嵐洗完臉，春花說：「請公主移步前廳用早膳。晴小姐和星少爺已等在那裏了。」

小嵐心想，這兩個傢伙真是精力旺盛啊，昨晚拆禮物那麼起勁，也不知幾點才睡。今天這麼早又起來了。

去到前廳，見到圓桌前坐了曉晴曉星，曉晴看着手上一隻鐲子正在臭美，曉星就低着頭在玩着一個什

麼東西。

「小嵐，我想要這串項鏈和這隻手鐲！」曉晴一見小嵐，就指着脖子上的項鏈和手腕上的手鐲，嚷道。

小嵐説：「要你個頭！不行！」

曉晴嘟着嘴：「孤寒鬼，皇上送你那麼多首飾，送我兩樣都不行。」

小嵐瞪了她一眼，小聲説：「你忘了，這都是送給永寧公主的，我們不能拿。」

「啊！那⋯⋯那就借我戴一天吧，就一天！」曉晴可憐巴巴地説。

小嵐見她一副可憐相，心一軟，説：「好啦好啦，這兩樣就送給你吧！別的不可以再拿，知道不？」

曉晴喜得直朝小嵐送飛吻。

「小嵐姐姐，早上好！」曉星只管低頭玩着手上的東西，「小嵐姐姐，我不像姐姐那麼貪心，貴重東西我不會拿的，我就拿這魯班鎖，行嗎？」

曉晴一聽馬上張牙舞爪：「説我貪心！看五爪金龍！」

曉星「哇」地喊了一聲，躲在小嵐背後，但還是被曉晴抓了一下。

小嵐説：「活該！」

三個人吃完早飯，見到春花走過來說：「公主，剛剛宮中劉公公派人來傳旨，皇上今天請公主和晴小姐星少爺去狩獵，等會皇上會派車來接你們。」

李世民告訴李淵，曉晴曉星是救小嵐那家人的孩子，一向跟小嵐感情很好，也對小嵐照顧有加。皇帝聽了很高興，讓他倆留在小嵐身邊給小嵐作伴。所以，今天雖然是皇家人的活動，也准許他們兩姐弟一同參加。

「狩獵？哇，酷斃了！」曉星樂得手舞足蹈的。

曉晴一直為自己沒機會和偶像交流而懊惱，一聽便問：「春花，秦王爺去嗎？」

春花說：「劉公公有說，幾位王爺都會去。」

曉晴眼裏紅心亂飛：「噢，我可以見到世民哥哥了！」

這時，秋菊悄悄進來稟報：「公主，剛剛門衛來報，太子給您送禮物來了。」

「啊！」小嵐嚇了一跳，昨天太子李建成不是已經給了自己好多禮物嗎，怎麼今天還送？

曉晴很興奮，說：「又有禮物！小嵐，快去看看。」

說完便拉着小嵐向外面走去。

有一個打扮儒雅的中年人站在大堂等候，見到三個孩子出來，迅速打量了幾眼，便斷定那高挑的女孩

是永寧公主，隨即上前行禮，說：「小人李遠，是太子府總管。奉太子之命，送禮物給公主的。」

小嵐說了聲：「免禮。有勞李總管。」

「謝公主。」李遠說，「請公主到門外接收禮物。」

隨着李遠走到外面，只見樹上拴着一匹大紅馬，那馬身上的毛火紅火紅的，十分好看。李遠指着大紅馬說：「這大紅馬便是太子的禮物。」

「哇，酷斃了！好漂亮的大紅馬啊！」曉星喊道。

小嵐上前摸摸大紅馬，大紅馬也不怕生，轉過頭看看小嵐，竟是十分馴服。

小嵐心裏喜歡，她對李遠說：「請李總管回去替我謝謝大哥。」

「是！」李遠向小嵐行了個禮，說，「小人告退。」

李遠走了，小嵐叫僕人送來一些草，和曉晴曉星一起興致勃勃地餵大紅馬。忽聽得有人來報：「公主，齊王派人送禮物來了。」

小嵐一愣，啊，齊王李元吉昨天也是送了很多禮物給自己了，現在又送，該不是也送馬來吧！

聽到「咯噔咯噔」的聲音，啊，果然沒猜錯，只見一名五十歲左右的男人，牽了一匹大黑馬進來，那

黑馬的毛黑得發亮，就像一匹黑色的緞子。

那人走近小嵐，行了個禮說：「公主，小人是齊王府總管李超，奉齊王命送禮物來給公主。」

太子和齊王知道今天要去狩獵，特地給自己送來好馬，這份心意令小嵐挺感動的。她忙笑着對李超說：「李總管，這禮物我很喜歡，回去替我謝謝四哥。」

李超走了，曉晴說：「哇，發達了，小嵐你一下子擁有了兩匹馬。唔，要是我世民哥哥等會也送一匹來就好了，那我們就可以一人騎一匹了。」

話音未落，就見到秦王府總管徐彰走了進來，在他身後，有個小兵牽着一匹大白馬：「公主，秦王一早入宮接皇上，他吩咐我把這匹白馬送給你。」

大家你看我一眼，看你一眼，禁不住哈哈大笑起來。

徐彰抬頭見到兩匹馬，愣了愣，說：「這兩匹馬是……」

小嵐笑着說：「是大哥和四哥剛剛送來的。」

徐彰笑道：「啊，看來幾位王子都喜歡公主呢！」

小嵐說：「幾位王兄美意，本公主十分感動。」

小嵐說的並非客氣話，幾位王子的細心關懷，的確令她感到融融暖意。

徐彰走後，大家看着三匹馬挺開心的，太好了，正好一人一匹呢！那邊曉晴和曉星興高采烈，這邊小嵐心裏卻有點犯難，騎哪匹好呢？不管騎哪一匹，都肯定有兩位不高興。希望皇帝也送來一匹馬吧，自己騎皇帝送的，那其他三位就不好有什麼意見了。

　　正想着，又有人來報：「皇上東西來了。」

　　曉晴曉星一聽都興奮莫名，嘻嘻，又有禮物到！

　　小嵐一聽心裏也挺高興，這回好了，就騎皇帝送的這匹馬。

　　沒想到，太監總管劉公公走進來，朝小嵐行禮：「皇上命奴才送來打獵服裝三套，分別給公主、晴小姐和星少爺。」

　　狩獵裝？

　　曉晴曉星兩個愛臭美耍帥的傢伙當然高興，小嵐卻是一臉失望。三位王子送的馬，自己騎哪一匹呢？

　　「姐姐，這是你的獵裝！」曉星把一個寫着小嵐名字的包袱遞給小嵐。

　　小嵐打開包袱，看見一套窄袖緊身的白色衣服。白色衣服、白馬，她腦中閃過一個好主意：對，自己就以白衣襯白馬這理由，選白馬！

第十三章

爭寵的皇兄們

小嵐三人剛剛打扮停當，就聽到有人來報，説是皇家狩獵隊伍已接近秦王府，請公主快出門口迎接聖駕，然後隨隊出發。

於是三人各牽着一匹馬，走出大門口。

遠遠見到旗幟飛揚，大隊人馬過來了。為首是大將尉遲恭，領着一班御林軍開路，接着是幾名將軍護着一輛四駕馬車，馬車後面是騎馬的太子、秦王和齊王，再後面又是御林軍殿後。

小嵐三人朝着馬車跪拜：

「拜見父皇！」

「拜見皇上！」

馬車杏黃色的布簾一掀，李探出頭，一臉笑容：「嵐兒平身！世侄世侄女平身！」

「謝父皇！」

「謝皇上！」

李淵帶着欣賞的目光打量了一下小嵐，自己的愛女穿上打獵的裝束，很是颯爽英姿啊！哈哈，真是虎

父無犬女！自打昨天見回女兒，李淵一顆心都像泡在蜜罐子裏，甜滋滋的。

「嵐兒，你跟着幾個哥哥，一塊騎馬吧！」

「遵命！」

小嵐三人翻身上馬。在烏莎努爾時萬卡就教會了他們騎馬，所以他們的騎術雖不精但也不會太差。

「大哥，二哥，四哥！」小嵐逐一見過幾位兄長，卻聽到李世民得意地哈哈大笑起來：「大哥，四弟，我贏了，我贏了！」

建成元吉卻一臉喪氣。

小嵐也猜到是因為自己騎了李世民送的白馬，但不明白李世民那句「贏了」是什麼意思。

李世民得意地說：「嵐兒你有所不知。剛才我跟大哥四弟打賭，說你一定會騎我送的大白馬，他們還不服氣。怎麼樣，現在認輸了吧！」他最後那句話是跟建成元吉說的。

建成一臉悻悻之色，元吉卻忍不住埋怨說：「嵐兒，小時候我是最疼你的，你怎麼就不給我這個臉！」

小嵐聽了，笑着說：「幾位哥哥，你們都是我的好大哥。嵐兒怎會有厚薄之分。你們送的馬都是好馬，我都很喜歡。只是因為父皇送的獵裝是白色的，所以我才騎了匹白馬。」

元吉說：「哦，二哥，你真是狡猾，一定是知道了父皇送的衣服是白色的，所以才送匹白馬給嵐兒。」

世民說：「四弟不可以這麼講。我哪知道父皇送什麼衣服給嵐兒，只是湊巧了。這證明我和小妹有緣分啊！」

元吉說：「才不是呢！小妹小時候跟我最好，要講緣分的話，她跟我才是有緣分呢！你分明是使橫招，打聽到了小妹衣服的顏色。大哥，你說是不是？」

一直沒出聲的建成點了點頭。

元吉得意地說：「你看，大哥也這樣認為呢！」

李世民說：「有時真理是掌握在少數人手裏的！」

小嵐睜大眼睛看着他們兄弟三人，心裏想，天哪，這中國歷史赫赫有名的三個人物，為了一點小事竟可以像小孩子一樣吵吵鬧鬧。

小嵐心裏暗暗叫苦，自己還指望趁打獵這機會，幫他們聯絡感情，讓他們三人減淡對對方的怨懟，沒想到還沒起行，這三兄弟就暗鬥起來了。

小嵐靈機一動，暗暗用手猛揑了自己的坐騎大白馬一把，大白馬覺得痛，嘶叫了一聲，前腿離地，小嵐往後一倒，眼看要掉下馬來。

「小妹！」説時遲那時快，三位皇子一齊伸手，建成扯住了馬韁，元吉按住了馬頭，世民扶住了小嵐的身體。在心愛的小妹危險之時，三個人竟是異常同心、格外合拍，保護了小妹的安全。

小嵐穩穩坐於馬上，那三個皇子異口同聲地問：

「小妹，有沒有受傷？」

小嵐心裏暗暗偷笑，沒想到，自己的小伎倆果然奏效。如果這三兄弟不鬧矛盾的話，辦起事來一定會很合拍。小嵐笑着説：「我沒事。謝謝三位哥哥出手保護妹妹。」

「你是我們最疼愛的小妹嘛，謝什麼謝！」

「小妹的騎術看來還得多練練。」

「什麼騎術，分明是馬的問題嘛！要是騎我的大黑馬就不會發生這事了。」

「對，是馬的問題。要是騎我的大紅馬也不會出事。」

「別把事情都推到我的大白馬那裏，分明是你們的馬把大白馬驚倒了！」

小嵐好頭痛，這三個傢伙怎麼又吵起來了。看來，要讓他們和睦相處，真不是一件容易的事。

隊伍又起行了。小嵐被三位皇子眾星捧月般擁在中間，他們都怕小嵐再出什麼事，小心地呵護着。

小嵐心裏其實挺感動的。在二十一世紀那個時空

有許多人愛她寵她，沒想到，來到這一千多年前，也遇到了這麼關心自己的人。建成和元吉並不是傳說中的那麼壞啊，她更堅定了拯救太子、齊王及他們家人的決心。

曉晴見到小嵐有三位大帥哥當護花使者，羨慕死了，一邊走一邊自言自語地說：「唉，真是同人不同命，小嵐真是到什麼地方什麼時空都討人喜歡。看，三個帥得一塌糊塗的大帥哥耶，就這麼圍着她轉，怎麼不分一個給我呢？」

曉星說：「姐姐，你在嘀咕些什麼呀？」

曉晴沒精打采地說：「沒什麼。我在說，等會兒要獵一隻大狗熊，把熊掌給你啃。」

「啊，真的？」曉星一聽到吃就高興，可馬上就知道上了當，「姐姐，你騙我。不是像東北那樣寒冷的地區才有熊嗎？西安哪有熊！」

曉晴看了看跟自己並肩而行的弟弟，說：「我左邊不就有一隻笨熊嗎？」

「左邊？」曉星知道上了當，「姐姐，我沒得罪你啊，幹嗎這樣嘲弄我。我不理你了，我去找小嵐姐姐。」

曉晴說：「你小嵐姐姐早被那三個皇子『霸佔』了，哪輪到你！」

曉晴邊說，邊羨慕地看着前邊被三個大帥哥簇擁

着的小嵐。

曉星看看姐姐，説：「哦，我明白了。你無緣無故轟我，是因為想發洩。你沒有像小嵐姐姐幸福，有那麼多人疼愛，你饞得流口水，妒忌得眼睛變成兔子眼⋯⋯」

曉晴眼睛一瞪，打斷弟弟的話：「你胡説！沒有，沒有，就是沒有！」

曉星説：「有，有，就是有！」

曉晴舉起手：「五爪金龍侍候！」

曉星大叫：「小嵐姐姐，救命！」

小嵐正在和那三兄弟説話，有心讓他們和好。聽得曉星大叫，便跟三位皇兄説了聲「失陪」，掉轉馬頭向曉晴曉星走去。

「什麼事？」

曉星説：「小嵐姐姐，姐姐她⋯⋯」

「小嵐，別信他！」曉晴一把捂住曉星嘴。

「唔唔唔⋯⋯」曉星出不得聲。

小嵐正要説什麼，聽到傳令兵跑過來，説：「狩獵場到了。請皇子公主下馬。」

啊，到了！

三個人的注意力馬上轉移了，曉星歡呼起來：「到了！到了！」

三人剛跳下馬，就有三名侍衛分別拿着弓和箭走

了過來，為首一人對小嵐說：「公主，這是你們的弓箭。」

小嵐點了點頭，從衛士手裏拿過了弓，哇，這把弓還真有點沉呢！她試着拉了拉，用力拉得臉都紅了，才能把弓拉開。

這時候，見到李世民拿着一把弓走過來，對小嵐說：「嵐兒，二哥昨晚連夜叫人給你做了把弓，很輕巧的，適合女孩子用。」

「謝謝二哥！」小嵐很高興，她把手上的弓交回衛士，又接過李世民遞來的弓。啊，比剛才那把輕多了。她試着拉了一下，果然在自己能力範圍之內。

曉晴和曉星也正為自己拿到的弓犯難，太費勁了。見到李世民送給小嵐的弓，好羨慕啊！

要是換了別的男孩子，曉晴早就厚着臉皮蹭過去，大叫「我也要！」但對着那長得帥帥的，但又渾身散發威嚴的秦王，她卻不敢。

這時，見到建成和元吉兩人興沖沖過來了，他們腰裏掛着一把弓，手裏又拿着一把弓。元吉邊走邊喊道：「嵐兒，四哥替你找了把好弓。」

走近時，見到小嵐手裏拿着的弓，兩人才發現又讓李世民搶先一步了。兩人不禁有點悻悻然。

小嵐知道他們不高興，忙說：「太好了。曉晴和曉星的弓也不順手，正好可以用大哥四哥送來的

弓。」

「哇，謝謝太子哥，謝謝齊王哥！」曉星也不客氣，過去就接了元吉手裏的弓。

曉晴雖然更希望得到的是秦王送的弓，但人家已經送給了小嵐呀，也只好走過去，從太子手裏接了弓：「謝謝太子哥哥！」

建成元吉都板着一張臭臉，弄得曉晴曉星都以為他們不捨得那把弓。只有小嵐心裏明白，今天，他們已經輸給了李世民兩次了。

早聽說這兄弟三人常在父皇面前爭寵，沒想到，現在爭寵爭到自己妹妹那裏了。小嵐有點哭笑不得。

李淵在前邊已經下了馬車，上了馬，朝這裏叫道：「皇兒，你們還呆在那裏幹什麼，打獵去呀！」

小嵐趕緊應了聲：「父皇，來了！」

一班人到了皇帝面前，李淵吩咐道：「我們分成兩隊，我跟嵐兒、世民一隊，建成，你帶着元吉，還有曉晴曉星一隊。」

「是，父皇！」

「皇爺爺，我跟哪一隊？」馬車裏突然鑽出個小傢伙，原來是小麵團！

李世民嚇了一跳，接着瞪起眼睛：「圓圓，你、你怎麼不聽話，自己偷偷來了！」

小麵團說：「爹爹，我求你帶我來打獵，你不答

應，所以我就自己來了。你沒說不讓我自己來哦！」

「你……」李世民竟無話可説。

「哈哈哈，我這小孫子真聰明！」李淵大笑起來，他摸摸小麵團的腦袋，説，「好吧，既然來了，就留下吧！交給你一個任務，專門看着打來的獵物。」

「皇爺爺，看守獵物很重要嗎？」

「是呀！要最厲害的人才能勝任。」

「皇爺爺，我去，我去看守獵物……」

第十四章

狩獵驚魂

　　走進皇家狩獵場，只見綠草萋萋，一望無際，百年老樹的枝葉茂盛得像一把把巨傘護在頭上。

　　小嵐和李世民一邊一個護在李淵旁邊，李淵一路上都笑瞇瞇地跟小嵐講着自己狩獵的光榮史，而小嵐也聽得很着迷，還不時問點有關打獵的問題，有時問得很小孩子氣，惹來李淵一陣大笑。

　　李世民在一旁見了很是欣慰，很久沒見到父親這麼開心了。他不由得把目光定到小嵐身上，這女孩身上怎麼天生就有一種魅力，讓人疼愛，令人忍不住去做一些令她開心的事。萬一小妹真的不能醒來，就讓這女孩代替小妹在父皇跟前盡孝吧！也許這女孩真是上天派來，代替小妹位置的。

　　想到那躺在牀上僅存一點氣息的小妹，李世民心裏又一陣難過。

　　李淵突然住了嘴，小聲説：「嵐兒，你看，那裏有隻鹿。」

　　順着李淵手指的地方看去，果然看到一隻小鹿站

在一棵樹下，牠很漂亮，身體是褐色的，上面有好看的斑點，牠的眼睛很好看，亮亮的，純純的。

小嵐想，這麼漂亮無害的小動物，怎能讓牠失去生命呢？

見到旁邊的李淵已經在拉弓搭箭、瞄準，小嵐心裏有點着急，急中生智，便大聲的咳了一下。聲音驚動了小鹿，牠撒開四腿就跑，很快就隱沒在草叢裏。

小嵐清了清嗓子，裝作不好意思地說：「父皇，對不起，我突然嗓子發癢，把您的獵物嚇跑了。」

李淵放下弓箭，說：「不要緊，這獵場有的是獵物。」

果然，聽到前面草叢「呼啦」一聲，露出一隻小羊的腦袋。那小羊是白色的，眼睛骨碌碌地轉着，很是機靈可愛。

李淵見了，又馬上舉起弓箭⋯⋯

小嵐還是不忍心，多可愛的小羊啊，她又咳了一聲。

李淵看着隱沒在草叢裏的小羊，扭頭看着小嵐，小嵐搔搔腦袋：「對不起，還是喉嚨癢。」

李淵早看清了這小傢伙的心思，他挺欣賞小嵐的善良，但也覺得好笑，像這丫頭這般菩薩心腸，還來打什麼獵。

正在這時，一頭野豬從小嵐的旁邊跑過，小嵐一

見，說：「這笨傢伙常糟蹋農夫的莊稼，看本公主教訓你。」

小嵐說着追了上去。

李淵用寵溺的目光望着小嵐的背影，大聲喊道：「嵐兒，別跑太遠！」

小嵐說：「是，父皇！」

那隻野豬挺笨的，在草叢中弄出很大的聲音，小嵐一路追了上去。突然，野豬好像發現了前面有什麼更大的危險，牠叫了一聲，竟掉轉頭往回跑。這時小嵐的馬剛好跑到，野豬撞到馬腿上。馬受驚了，嘶叫一聲，直立起來，小嵐猝不及防，掉下地來。那野豬爬起來，沒命地逃走了。

小嵐自認倒霉，抓不到野豬，反弄得自己落馬。前面究竟有什麼東西，竟把這大笨豬嚇成這樣。

忽然，前面傳來叫喊：「皇爺爺，爹爹，大笨狗欺負我！」

小嵐一聽，是小麵團的喊聲，這小傢伙不是接了看守獵物的光榮任務嗎，幹嗎到這裏來了？大笨狗，難道野豬害怕的是一條狗？小嵐趕緊牽着馬，朝聲音發出處走去。

看到小麵團了，小傢伙手裏拿着一根小樹枝，指着離他一兩米遠的龐然大物，驚恐地叫着：「你別過來，你別過來！」

　　小嵐的視線一落到那龐然大物身上，馬上嚇得魂
飛魄散。啊，什麼大笨狗，分明是一隻狼，像匹小馬
般大的、吃人的大白狼。那隻大白狼呲牙裂嘴的，尖
利的爪子用力扒着地上的泥土，弓着身子正準備朝小
麵團撲去。

　　千鈞一髮之際，小嵐也來不及拿出弓箭來了，她
慌忙朝前衝去，趕在大白狼撲到之前，一把抱住了小
麵團。大白狼這時剛好撲過來，鋒利的爪子抓破了她
的衣服，刺進了她的身體，痛得她幾乎昏過去。她只
是下意識地把小麵團抱得更緊。大白狼張開大嘴，朝
小嵐右肩上咬下去……

小嵐只覺得肩膀痛徹心扉，她昏了過去。

　　不知過了多長時間，小嵐慢慢醒了過來。感覺身上每一寸地方都在痛，她不禁呻吟了一聲。

　　「醒了，醒了！」有人驚喜地叫着。

　　「嵐兒，嵐兒！」

　　「小妹，小妹！」

　　「小姑姑，小姑姑！」

　　小嵐努力睜開眼睛，發現自己睡在皇宮裏，又見到很多人圍在牀前，李淵、建成、世民、元吉、秦王妃、小麵團、曉晴和曉星……

　　李淵坐在牀邊，眼裏含着淚，小嵐勇救圓圓的事給他的震撼太大了。他很想摸摸女兒的臉，或拉拉她的手，但又怕弄痛她，焦急地問：「嵐兒，你好點沒有，你讓父皇好心疼。」

　　小嵐為了安慰他，便說：「好多了，請父皇放心。」

　　小麵團扒在牀沿，一雙受驚的大眼睛含着淚：「小姑姑，你身上哪裏痛，讓圓圓給你呼呼。」

　　小嵐笑了笑，用微弱的聲音說：「小姑姑不痛，圓圓別哭。」

　　秦王妃無垢見到小嵐為了救自己兒子傷成這樣，眼睛都哭腫了，她見到小嵐醒來，才稍微放了點心，她說：「嵐兒，謝謝你！要不是你，圓圓就完了。那

麼兒那麼大的一隻狼……」

小嵐説：「我們是一家人，這是我應該做的。」

建成和元吉雖然跟世民不和，但他們還是挺喜歡圓圓這個乖巧的孩子，對小嵐以一個弱女孩，挺身擋住那隻兇猛的狼，他們都覺得不可思議，心裏對這個小妹除了疼愛，還多了佩服和敬意。

在這皇室一家子中，世民是最感慨萬千的一個。之前在狩獵場裏，他聽到圓圓叫喊聲趕到，見到了一個令他永世難忘的場面——嬌小的小嵐用自己血肉之軀，把圓圓護在懷裏，而那隻兇惡強壯的大白狼，正張嘴咬着小嵐的肩膀……

要不是自己趕忙拉弓放箭，射中大白狼的頸部，令大白狼當場死去，那小嵐的處境就太危險了。

如果真是骨肉至親，那還可解釋小嵐的行為，但明明小嵐只是嵐兒的替身而已，她跟自己一家，跟圓圓毫無血緣關係啊！她竟然會捨身救自己的兒子。

看着眼前這美麗勇敢的女孩，李世民心裏湧出了一股深深的暖意，一股親人般的感情。小嵐，即使嵐兒醒來，我也不會放你走，你這個妹子我認定了。

李淵低頭看着小嵐美麗的臉龐，説：「嵐兒，你很勇敢，你不愧是我們李家的女兒，父皇以你為榮！」

建成、世民和元吉一齊説：「小妹，我們以你

為榮。」

小嵐嘴角上翹，露出一絲笑容：「謝謝！」

李淵說：「嵐兒，你救了圓圓，立了大功，想要什麼賞賜，儘管說！」

小嵐眼睛緩緩地從建成、世民、元吉三人臉上掠過，說：「我想要一家人和和美美，我想要三位兄長團結一心、和衷共濟，行嗎？」

李淵聽了心裏一喜，沒想到小嵐想要的，正是他心中所希望的。這女兒，真貼心啊！

建成和元吉對望一眼，神情尷尬；李世民臉色微變，低頭不語。

小嵐又說：「三位兄長拉拉手，行嗎？」

死一般的沉默，小嵐以為自己的願望難以實現了，不由得撅起了嘴。這時，李世民抬起頭，說：「兄友弟恭，這是應該的。小妹，你放心好了，二哥答應你。」

說完，他臉露微笑，朝建成伸出手。

建成也伸出了手，接着是李元吉，三隻手緊握在一起。

小嵐開心地笑了。希望這是他們兄弟三個走向和諧的第一步。

李淵眼睛有點潮濕。他素來知道，建成、元吉跟世民關係不好，兩人常在他面前講世民壞話，而世民

也一向瞧不起自己的哥哥和弟弟。他一直擔心這兄弟幾個有朝一日骨肉相殘，做出令他這個父親痛心的事。

李淵給小嵐掖掖被子，說：「嵐兒，謝謝你為我們皇家做出的一切。你好好休息，我們會輪流守着你的。」

小嵐說：「父皇，你和皇兄他們都回去休息吧！有宮人侍候就行了。」

李淵堅決地搖頭：「不，朕不放心。我們會輪流看着你。」

李淵吩咐三個兒子：「你們先回去睡覺吧，我先守着。一個時辰後，建成來接替我，之後是世民、元吉……」

兄弟三人離開皇宮，各自上馬回家，秦王說有事要處理先走了。建成和元吉騎着馬慢慢走着，元吉見大哥一路都不吭聲，只是一副若有所思的樣子，便問：「大哥，你在想什麼？」

建成說：「我在想今天發生的事情，在想小妹的話。小妹令我太震撼了，她的勇敢，她對骨肉之情的重視，她對我們三兄弟的期待，都令我感動。也許，她是我們家的小福星，她能化戾氣為祥和，令我們三兄弟和衷共濟。」

「大哥，你相信二哥剛才的表態嗎？你覺得他不

再覬覦你的太子之位了嗎？」元吉看了建成一眼，說，「我們做了那麼多準備，讓楊妃在父皇面前說二哥暗裏勾結突厥可汗突利，要奪大唐皇位。眼看父皇要相信了，我們可以除掉這眼中釘了，你打算就這樣放棄？」

建成說：「就相信他一次吧！看在小妹面子上，只要他規規矩矩做他的秦王，我就留他一命。再說，世民的確善於用兵打仗，以後可以倚靠他為我保江山。」

元吉沒再吭聲。但他心裏卻一點兒也不相信二哥會老老實實聽大哥的話。

第十五章

可愛的小白狼

小嵐傷口好得差不多之後，李世民把她接回了秦王府。

在養傷的兩個星期裏，李家人給了她很多很多的愛，很多很多的照顧，令到小嵐真有如處身至親家人之中的感覺，她身上的傷也很快好起來了。

這天早上，小嵐吃完早飯，斜靠在牀上，身邊有秦王妃無垢和曉晴曉星陪着她説話解悶。這時聽到「咕嚕咕嚕」的聲音，由遠而近，大家都停了嘴，把視線投向門口。

只見前面元吉推着一輛木製的輪椅，後面跟着建成、世民，三個人有説有笑的走了進來。

小嵐一見，心裏很開心，三兄弟兄友弟恭的場面，正是她很希望見到的啊！

只聽見建成興高采烈地説：「小妹，你不是總説悶嗎，我們三兄弟特地叫人了做了這輪椅，帶你到外邊走走。」

在牀上躺了多天，小嵐早就想出去了，無奈秦王

妃不許，生怕她走太多路傷着了未徹底癒合的傷口。沒想到這幾兄弟這麼有心思，給她做了輛輪椅。

小嵐一臉雀躍：「謝謝大哥二哥，還有四哥！」

那三兄弟見小嵐這麼高興，都顯得很開心。建成走到牀前，把小嵐輕輕抱了起來，又輕輕地放在輪椅上，那小心樣子，好像是捧着一件易碎的珍貴瓷器。

秦王妃說：「那小妹就交給你們了。小心點推，別莽莽撞撞的，把她傷口弄痛啊！」

元吉說：「二嫂，你放心吧，我們會小心的。」

秦王妃對曉晴曉星說：「你們倆一塊去吧！」

「好的，王妃姐姐！」那兩姐弟早就想出去玩玩了，忙不迭答應着。

元吉慢慢地推着木輪椅，出了門，世民和建成兩人一個在左一個在右，像左右護法一般護着小嵐，三人不時彎下身子跟小嵐說什麼，逗得小嵐不時發出一陣陣銀鈴般的笑聲。

曉晴在和曉星跟在後面，曉晴看着小嵐被三個帥哥簇擁着，細心呵護着，羨慕得口水都流出來了，小聲嘀咕道：「唉，要是我有這樣的福氣，有三個帥哥哄着疼着，就是有十隻狼，我也敢衝上去，給咬死了也開心。」

曉星白了她一眼，說：「姐姐，別說廢話了。看見十隻狼也敢衝上去？我才不信呢！我看呀，你是那

種看見狼的耳朵也會拚命逃跑的人。」

曉晴使勁扭了曉星一把：「死小孩，讓你姐幻想一下行不行！」

小嵐聽到後面動靜，扭頭道：「曉晴，曉星，你們在背後嘀咕些什麼。曉晴，你不是二哥的粉絲嗎，快來跟二哥聊聊。」

曉晴聽了，「嗖」一下就到了李世民面前，兩眼飛出紅心，說：「世民哥哥，你是我最喜歡的皇帝哦！」

所有人都一愣，之前那種和諧溫馨感一下沒有了，死一般的靜寂。世民一臉尷尬，建成和元吉臉色陰沉。

小嵐心裏直罵，死曉晴，真是成事不足敗事有餘！要知道，皇位是這三兄弟最尷尬最敏感的話題啊！

李世民最先回復過來：「曉晴，你說錯了，我只是王爺，不是皇帝。」

偏偏那曉晴腦子進了水，仍未醒悟她這番話造成的禍害：「世民哥哥，你就是皇帝，是最帥最了不起的皇帝！」

建成和元吉的臉色更加難看了。曉星機靈地察覺了什麼，他一把拉住曉晴，說：「姐姐，你又犯花痴了！世民哥哥，你別介意，我姐姐就這樣，見到帥哥

就犯花痴，就喊人家皇帝。」

偏偏曉晴執迷不悟：「你才犯花痴。世民哥哥就是皇帝嘛！」

這時候，建成和元吉的臉色簡直要用鐵青來形容了。

小嵐心裏暗叫大事不好，這些天她所做的努力要白廢了，馬上氣呼呼地説：「曉星，你和曉晴先回去吧，我有三位哥哥陪就行了。」

曉星馬上把曉晴扯走了。那不知好歹的傢伙一路走還一路回頭：「世民哥哥，我仰慕你很久了……」

那兩姐弟走後，三兄弟仍然推着小嵐往前走，但再也不發一言。小嵐心裏歎了口氣，然後主動開起話題：「大哥二哥四哥，你們剛才不是説有樣禮物送給我嗎？」

那三兄弟互相看了一眼，世民説：「是的，禮物就在花園裏，你見了一定喜歡。」

「啊，是什麼禮物？」小嵐好奇地問。

元吉眨了眨眼睛，説：「先不告訴你，讓你心癢癢。」

小嵐心裏奇怪，三兄弟送的禮物，是什麼呢？她不由得性急起來：「告訴我嘛！你們真壞！」

建成笑着説：「小妹，別急嘛，很快到了，就在前面的葡萄架下面。」

說着話，已經看到不遠處的葡萄架了。小嵐發現那裏有個用布蒙着的方方正正的東西，像個箱子。

小嵐狐疑地看着，該不是這三兄弟送一箱子金銀財寶給自己吧！

輪椅推到了箱子面前，元吉說：「小妹，你自己把布揭開。」

小嵐想也不想，伸手把那塊蒙着箱子的布一拉。

「啊！」小嵐馬上歡叫起來。

原來布蒙着的不是什麼箱子，而是一個籠子。籠子裏有個白色的毛茸茸的東西——竟是一隻小小的白狼。

「好可愛的小狼！」小嵐開心得大喊起來，「快拿給我。我想抱牠，我想抱牠！」

建成馬上蹲下身子，把那隻小狼從籠子裏抱了出來，放在小嵐懷裏。

小嵐眼裏發光，看着小狼，牠是那麼小，那麼可愛，雪白的身體沒有一根雜毛，眼睛黑黑的，亮亮的，就像一隻馴服的小狗。看起來牠挺喜歡小嵐，只管把小腦袋往小嵐懷裏鑽。

小嵐用手輕輕撫摸着小狼身上的毛，小狼見了，張開小嘴巴，把她的手指一含，吮了起來。小嵐大叫起來：「小白狼肚子餓呢，快找點吃的給牠！」

李世民遞了一片肉乾給小嵐，那小白狼一見，放

開了小嵐的手指，嗚嗚地叫着，眼睛盯着肉乾。

小嵐柔聲說：「好啦，別急，這肉是你的了！」

她把肉乾放到小白狼嘴裏，小白狼津津有味地吃了起來。

「小白狼，慢慢吃。」小嵐輕輕撫摸着小白狼的腦袋。

三個兄長眼裏露出喜悦。小妹高興，他們就高興。

小嵐問：「你們是從哪裏找到這小傢伙的？」

世民說：「那頭咬傷你的大白狼帶傷逃跑，我們三人順着血跡一路追捕，追到了一個山洞。看到那隻大白狼流血過多死在地上，而這小狼，就蹲在大白狼的身邊，嗚嗚叫着。」

建成說：「我們懷疑，這隻小狼有可能是那頭大白狼的孩子。」

「啊！」小嵐愣了愣。

元吉說：「小妹，你會不會因為這小狼的家人咬傷了你，你會恨牠？如果你恨牠，我就把牠殺了。」

「不，不！」小嵐急忙說，「即使牠真是那大白狼的孩子，我也不會恨牠。咬我的是大白狼，不是這小狼。況且，大白狼已經用生命抵消了牠的罪孽了，我連牠都不恨了，還會恨牠的孩子嗎！」

三位長兄用溫柔的眼神看着小嵐，小嵐的善良，

觸動了他們心底某個柔軟的角落。

小嵐説：「我很喜歡這份禮物，我要把小狼養起來。得給牠個名字，叫什麼好呢？對，就叫小和。寓意我們家和平、和睦、和衷共濟、和平共處，三位哥哥，你們説好嗎？」

建成和世民、元吉相互看了看，世民説：「好！」

建成和元吉略一遲疑，也點了點頭。

第十六章

嵐兒，朕把帝位傳給你

　　小嵐做了個夢，夢見小白狼小和在她身上嗅來嗅去，醒來時卻見到一個可愛的小男孩撅着紅彤彤的小嘴唇，朝她身上「呼呼」吹氣，這裏呼幾下，那裏又呼幾下……

　　見到小嵐醒了，小麵團很高興，露出兩顆小虎牙笑了起來：「小姑姑，身上還有哪裏痛痛？圓圓給你呼呼。」

　　小嵐看着這小可愛，什麼痛都忘記了，她伸手捏捏小麵團那白嫩嫩、胖乎乎的臉蛋，説：「謝謝圓圓給小姑姑呼呼，小姑姑現在一點也不痛了。」

　　「真的？」小麵團很開心，「好啊，那圓圓每天都給小姑姑呼呼。小姑姑不痛，圓圓就最高興。」

　　「圓圓真乖！」小嵐眼睛笑得彎彎的。

　　小麵團搖搖頭，一本正經地説：「小姑姑最乖，小姑姑不怕大白狼，救了圓圓，小姑姑最乖！」

　　他又説：「小姑姑，快起來，我帶你去花園玩。」

小嵐説了聲「好啊」，就想自己起牀，無奈受傷的肩膀不給力。

「公主，小心傷口！」春花一見，急忙走過來，小心翼翼地攙扶小嵐起牀。

夏荷、秋菊、冬梅也都過來了，有條不紊地給小嵐穿衣服、梳頭、準備洗臉水、端早餐上桌……

小嵐邊吃早膳邊問：「有見到曉晴和曉星嗎？」

春花説：「剛才他們來過，見你還沒醒，就走了。」

小嵐問：「他們現在在哪？」小嵐想，找時間敲打敲打曉晴那傢伙，免得這花痴又在亂説話壞事。

春花説：「他們帶着小和出去了，説是去『遛狼』。」

小麵團正把嘴巴張得大大的，準備將一塊糕點塞進嘴巴，聽到春花的話，好奇地問：「小姑姑，什麼叫遛狼？」

小嵐説：「帶小狼出去散步，就叫遛狼。」

「哦，原來是這意思！」團團點點頭，説，「那帶小孩去散步就叫遛小孩了。小姑姑，你現在去遛小孩好不好？」

「遛小孩！」四個小丫頭都抿着嘴笑。

小嵐哈哈大笑：「好啊，我就去遛小孩！」

吃完早餐，小嵐對春花説：「我帶圓圓去花園走

走，要是王妃派人找圓圓，你就去花園找我們。」

「是，公主。」春花又説，「公主，你等等，我給您把輪椅推來。」

小嵐説：「不用了，我的傷口好多了，也想自己走走。」

李淵把自己珍藏的治傷藥給了小嵐，這藥十分有效，小嵐身上的傷口已開始癒合了，只是被重創的右肩膀仍不能動，所以右手也得用繃帶綁着被固定起來。

小嵐用左手拉着小麵團，「遛小孩」去了。

小麵團拉着小嵐一蹦一跳地走着，嘴裏還得意地嚷着：「遛小孩囉！遛小孩囉！」

弄得小嵐笑個不停。

半路上，一團白色的小東西跑了過來，圍着小嵐腳邊打轉，啊，原來是小和。牠老遠看見小嵐出來，就扔下曉晴曉星，跑過來了。

曉晴曉星氣喘吁吁地跟着跑了過來，曉星埋怨説：「哼，這養不熟的小壞蛋，我今早餵了牠這麼多牛肉乾，牠才肯跟我走。現在見了小嵐，又叛變了。」

小嵐哈哈大笑：「哈哈，小和，好樣兒的！不愧是我馬小嵐的忠狼！」

曉星見小和不理他，就去逗小麵團：「圓圓，哥

哥抱！」

小麵團瞅了他一眼，一本正經地説：「不行，小姑姑在遛小孩呢！」

「遛小孩？！哈哈哈哈！」曉晴和曉星笑得捂着肚子。

小麵團不知道他們笑什麼，又説：「晴姐姐，星哥哥，你們也讓小姑姑遛遛好不好？小姑姑遛三個小孩。」

「免了免了，我自己遛自己好了。」曉晴聳聳肩。

曉星就調皮地拉着小嵐腰帶上的流蘇，説：「小嵐姐姐，遛我，遛我！」

正吵鬧時，突然有把尖細的聲音響起：「參見永寧公主！」

大家一看，啊，是皇上跟前的太監總管劉公公。

小嵐説：「劉公公，有事找我？」

劉公公説：「皇上有旨，永寧公主御書房見駕。」

小嵐聽了，對小麵團説：「圓圓，你皇爺爺召見小姑姑，你跟曉晴姐姐和曉星哥哥玩，好不好？」

小麵團很乖地説：「好。」

小嵐轉身跟着劉公公走了。

曉星急忙説：「圓圓，哥哥來遛你！」

曉晴也説：「圓圓，姐姐來遛你！」

小麪團眼睛骨碌碌轉了一圈，指着曉晴説：「我要姐姐遛。」

曉晴眉開眼笑：「圓圓真乖！」

「哼，不遛就不遛，我遛小和。」曉星不忿地説着，走向小和。

誰知道小和「嗖」一下，跑到他前面去了。看來牠很想試試遛人的感覺。

曉星氣呼呼的：「好啊，你這臭小狼，想來遛我！」

曉星跑到小和的前面，誰知小和「嗖」一下又衝他前面去了。於是一人一狼為了不做被「遛」的那個，不斷地追逐着。

秦王府離皇宮不遠，坐馬車十來分鐘便到了。小嵐去到御書房時，李淵正坐在書桌前看大臣們送來的奏章，也許是工作時間長了，臉上有點疲累。見到小嵐進來，他臉上馬上露出了慈祥的笑容，趕緊站起來，走到小嵐身邊，把她牽到書桌旁，又叫太監送來一張椅子，給小嵐坐在書桌一側。

「你們下去吧！」李淵朝書房裏的其他人説。

「是，皇上！」幾名御前太監朝李淵鞠了個躬，退出去了。

「傷口怎樣了？」李淵擔心地看着小嵐的肩膀，

説，「父皇昨天太忙，都沒去看你。」

小嵐説：「謝謝父皇關心。女兒用了父皇賜的藥，傷口好得很快，都開始癒合了。」

李淵很高興：「這就好，這就好！」

小嵐又説：「父皇要保重身體，不要一天到晚都看奏章。要注意休息。」

「沒辦法。一國之君，許多事都要親力親為。」李淵歎了一口氣，他轉頭望着小嵐，突然説，「嵐兒，父皇把皇位傳給你好不好？」

小嵐嚇了一大跳，説：「父皇怎麼這樣説？父皇有很多選擇啊，大哥二哥四哥，他們都很出色啊！」

李淵搖搖頭，説：「嵐兒，父皇有些話憋在心裏，誰也不敢説，憋得我難受極了。今天父皇就跟你聊聊。」

小嵐看着李淵臉上的皺紋，心裏有點難過，看來皇帝也不是那麼好當的。她説：「謝謝父皇的信任。父皇，有麼話您就對女兒説吧！我會保守秘密的。」

李淵説：「嵐兒，在別人眼中，建成、世民和元吉三個兒子都出類拔萃，但只有我這個父親知道他們的不足。先説建成，這孩子也算聰明，就是心胸未夠廣闊、眼光不夠遠大，缺乏君王的大氣。將江山交給他，保江山都難，更別説開疆拓土了。」

小嵐説：「那四哥呢？」

李淵說：「元吉更不如建成，勇猛有餘，謀略不足，難成大器。」

小嵐說：「那二哥呢？」

李淵眼睛一亮，但隨即又黯淡了：「世民文武全才，有君王之大氣，但可惜他殺氣太重。如果他登皇位，恐怕建成元吉難以活命。」

他摸着小嵐的頭：「嵐兒，你聰明過人，又生性善良，如你做皇帝，一定造福天下百姓，而且會把眾兄弟姐妹團結在周圍，咱們李家的江山一定更穩固，國家會更富強。」

小嵐一聽心裏暗暗叫苦，這下糟糕了，自己怎可以留在這一千三百多年前做皇帝！自己是一定要離開的，在二十一世紀，有自己最愛的人啊！

小嵐說：「父皇，女兒很感激您的信任和讚賞。但是，女兒年紀尚小，恐怕難當此大任。父皇，小嵐實在不敢答應。」

李淵說：「嵐兒，父皇也實在是沒辦法。建成和元吉，最近和世民勢成水火，建成知道他某些地方不如世民，怕世民搶了他的太子位；而世民也的確不服建成，有奪太子位之心。這不是好事，我怕總有一天，這皇城內血雨腥風，骨肉相殘，那是我最不願看到的。」

小嵐心想，這李淵老人家看問題還挺準的，竟預

見了「玄武門之變」的發生。

李淵又說：「我的兒女裏面最有出息的就是建成世民元吉三人，只有你當了皇帝，他們才會服氣，才會心甘情願扶助你。到時，建成和世民可以做你的左膀右臂，元吉可以替你鎮守邊關，再加上有其他能臣的輔助，你一定能守護好大唐，讓李家江山萬年長。」

小嵐一開始還以為李淵只是說說而已，誰料到他越說越認真，不禁大驚：「父皇，不行，我不能當大唐皇帝！」

李淵驚訝地看着小嵐：「為什麼？為什麼不行？人人都想當皇帝，為了帝位爭得你死我活，你卻送上門都不要！」

小嵐苦着臉，難道要告訴李淵，自己是要回到一千三百多年前的？或者告訴他，自己根本不是他的女兒？

不能，這些都不能說。她只好說：「父皇，我是個女孩兒，只希望有空陪陪父皇，彈彈琴、作作詩，從來沒想過要登帝位，管理一個國家。這太沉重了，父皇，女兒實在承擔不起。」

李淵看着小嵐，一臉的失落，過了很久才說：「嵐兒，父皇不想逼你，但還是想你再考慮考慮。建成、世民和元吉都是我的兒子，我不希望他們哪個出

事，我只想一家人和和睦睦地過日子。但如果你真的不想的話，就當父皇今天什麼都沒説過。」

小嵐看着李淵失望的神情，心裏突然一軟：「父皇，我……」

李淵臉上又露出了慈祥的笑容：「沒事，嵐兒。不管你的決定是什麼，父皇都理解。」

「父皇！」小嵐心裏打上一個熱浪，眼睛濕潤了。

第十七章

連小狼也鄙視你

小嵐離開御書房，心裏想，為了這位可憐的父親，也為了那兩千條人命，「玄武門之變」她管定了。李世民可以當上皇帝，李建成李元吉一定不可以死。

這段時間她故意讓這三兄弟多點接觸，有意地讓他們明白親情的可貴，團結的可貴。眼看他們之間的關係有了一點緩和，卻可惜昨天曉晴在帥哥面前犯花痴，口不擇言，又再度令那三兄弟心生嫌隙。

小嵐在心裏把曉晴已罵得狗血淋頭。

怎樣才能制止李世民殺人，又能讓歷史按原來軌道前進，讓李世民登帝位呢！天下事難不倒的馬小嵐，一邊走一邊骨碌碌地轉着她的大眼睛，想着她的辦法。

回到花園時，見到曉晴兩姐弟在為了昨天的事嘔氣。曉星一本正經地訓他姐姐：「姐姐，我看以後得把你的嘴巴縫起來，省得你亂説話。明知建成哥哥和元吉哥哥最忌的就是世民哥哥奪去太子位，以後當

上皇帝，你卻哪壺不開偏提哪壺……」

　　曉晴則低着頭，兩根食指指尖一點一點的，一副委屈受氣的樣子。

　　而一旁的小麵團看熱鬧看得開心，竟也鸚鵡學舌教訓小和：「小和，把你嘴巴縫起來……不要亂說話……」

　　小和蹲在地上，一臉無辜的。牠看了看曉晴，便也學她那樣，舉起兩條前腿，一點一點的。

　　小嵐一看又好氣又好笑。

　　一看到小嵐回來，小和就「嗖」地一下跑到了小嵐身邊，仰面看着她，嘴裏嗚嗚地叫着，十分委屈的樣子。小嵐抱起牠：「小和好可憐哦，不要緊，我等會把小麵團打翻在地，任你搓，任你揉，讓他成為真正的麵團！」

　　小和「嗖」地一扭頭，得意地看着小麵團，眼睛骨碌碌地轉着，大概在想像着小麵團成了真正的麵團後，會是什麼樣子的。

　　曉晴也跑了過來，撒嬌說：「小嵐，你看你看，曉星那傢伙沒大沒小的，現在都不知道誰是姐姐誰是弟弟呢！」

　　小嵐卻瞪了她一眼：「去！」

　　曉晴眨巴着眼睛：「小嵐，你好偏心啊，怎麼就不安慰安慰我呢！在你心目中，我還不如小和嗎？」

小嵐撇撇嘴説：「你還真的不如小和。哼，有破壞沒建設！」

曉星得意地説：「是嘛，我可沒見過這麼笨的姐姐。」

曉晴一跺腳：「好啊，我笨，我蠢，我還不如小和聰明！你們就別理我好啦！」

她跑到一棵樹下，用額頭抵着樹幹，嘴嘟得長長的。

小嵐也沒理她，讓她面樹反思去！

這時小麵團跑過來，他見到小嵐抱小和，吃醋了，扭着身子也要小嵐抱。小嵐一隻手抱着小和，另一隻手因肩膀受傷，沒法再抱起這小胖子，便把小和放在地上，説：「圓圓乖，我們繼續玩遛小孩好不好？」

「好！」

於是小嵐在前面走，後面「遛」着一個小男孩和一條小白狼。

前面有丫鬟走來，見到小嵐馬上行了個禮，説：「公主，秦王妃讓我來帶小王子回去。」

小嵐見是王妃的丫鬟紅蓮，便讓她把小麵團帶走了。

小嵐見到湖心亭就在旁邊，便順腳走了進去，在石凳上坐了下來。眼前桃紅柳綠，一派好風景，但小

嵐的心情卻有點鬱悶。很快就是歷史上發生「玄武門之變」的日子了，連李建成、李元吉在內的兩千多人死於這件事，以自己之力，有可能扭轉歷史嗎？

曉晴和曉星見小嵐進了亭子，也都走了進去，坐在石凳上。

曉晴見小嵐不作聲，只顧看風景發呆，便嘟着嘴說：「小嵐，你別不理我好不好？算我錯了，我闖了禍，說了不該說的話，以後頂多小心點囉。」

小嵐轉過頭看着她，說：「曉星說得不錯，你那張嘴真應該用針縫起來。哼！一見到帥哥你就昏頭轉向了。皇位是建成哥哥他們的心病，你還偏說世民哥哥會當皇帝！我這些天的努力都被你破壞了。」

曉晴聽了又低頭點手指。

曉星說：「姐姐，難道點手指可以點出辦法來嗎？」

曉晴白了他一眼，不點手指了，她對小嵐說：「小嵐，我其實是想將功贖罪的。所以我昨天想了一晚上，想到了一個辦法。」

見到小嵐和曉星都看着她，曉晴不禁有點得意：「我這可是妙計哦。我們準備十一隻筷子，然後把世民哥哥他們三兄弟請來，讓他們派一個人來折斷一隻筷子。當然啦，那隻筷子肯定一折就斷。我們就把剩下的那十隻筷子紮成一捆，再讓他們每人都折一次。

結果肯定是怎麼折也折不斷啦。那我們就借這事告訴他們一個道理，他們三兄弟只有團結起來，才有力量，才能保住大唐江山。」

曉晴説完，看着小嵐和曉星，見他們看着自己不作聲，便洋洋得意地説：「是不是很驚訝呢？在你們心目中很笨的人，是不是其實很聰明？」

小嵐和曉星眼裏滿是不屑，一齊説：「呃！」

曉晴急了：「怎麼了？這辦法不好嗎？一個多麼有智慧的辦法啊！團結就是力量，世民哥哥他們聽到後，一定會感動得互相擁抱，感動得以後都不會再有害自己兄弟之心，從此團結一致，共同對敵。」

曉星一點不給臉：「吹，儘管吹！姐姐，你這牛皮吹得太大了。你説是你想出來的辦法？你分明是抄襲！這故事叫《折箭》，故事中的人物是國王和他的十個兒子，我早看過了！」

小嵐沒説話，只是哼了一聲，表示認同。

在她懷裏一直眼睛骨碌碌瞧着他們幾個的小和，聽到主人哼，牠也跟着哼了一聲。

曉晴見到小嵐和曉星不但不欣賞自己的計策，還連同一隻小狼來譏笑她，覺得是可忍，孰不可忍，她氣鼓鼓地站起來走了。

曉星説：「小嵐姐姐，別管她！我給你想辦法好了，我昨晚也想了一晚，想出好辦法來了。小嵐姐

姐，這辦法真是我想的，不像姐姐那樣抄襲來的。」

小嵐眯着眼睛，小和瞪着眼睛，一人一狼看着曉星，聽他有什麼好方法。

曉星說：「我建議，今晚由我扮成刺客，去太子府裝作行刺太子哥哥，你就設法把世民哥哥帶到太子府那裏，讓世民哥哥在恰當的時候出手，打退刺客，救了太子哥哥。太子哥哥被世民哥哥救了，一定感動得痛哭流涕，撲過去抱住世民哥哥，說，弟弟，我把太子位讓給你好了。世民哥哥聽了，也一定感動得痛哭流涕，說，哥哥，太子位是你的，我不能要。太子哥哥說，要吧，世民哥哥說，不能要！太子哥哥說，你一定得要。世民哥哥說，我一定不能要。明天一早，太子哥哥和世民哥哥手拉着手去到皇帝伯伯面前，兩人上演一出『孔融讓梨』。從此李家兄弟空前團結，幸福地生活在一起。」

小嵐眼睛越睜越大，到曉星說完，她搖着頭，說：「你是在說童話故事的結局嗎？哼，比你姐姐還白痴！」

小和照例附和小主人，看着曉星使勁搖頭。

曉星見連小狼也鄙視自己，很傷心，扁着嘴走了。

第十八章

會捉小鳥的唐太宗

還是直接找世民大哥談談吧。小嵐考慮了一下，站起身來。

突然聽到一陣嚇人的尖叫：「小姑姑，救我，救我！」

小嵐嚇了一跳，腦子裏馬上閃出一念頭：有刺客！

她趕緊跑出亭子。

喊叫的是小麪團。只見他邁着兩條小粗腿在前面拚命地跑，後面果然有人追他。不過，不是小嵐想像中的刺客，而是丫鬟紅蓮。

「小姑姑，救我！」小麪團衝到小嵐面前，又一下子躲到她身後。

什麼事？小嵐看着跑得氣喘吁吁的紅蓮。咦，她手裏還拿着一個裝了黑色藥汁的碗呢！

「見、見過永寧公主。」紅蓮上不接下氣的，好不容易喘過氣來，説，「小王爺，這只是涼茶，清熱的，不苦的。」

小嵐把小麵團抱進亭子，讓他坐在石桌上：「圓圓乖，圓圓把涼茶喝了好不好？」

「不好！」小麵團搖頭。

小嵐說：「圓圓最聽話了，來，咕咕咕，一口氣喝了，一點不苦的。」

「不，不咕咕！」小麵團還是搖頭。

小嵐說：「好吧，圓圓不喝，就給小和喝吧！」

小嵐朝小和招手：「小和過來。」

小麵團一聽馬上不依了，說：「我的，我的，不給小和，不給小和。」

小嵐說：「那你趕快喝吧，不然我就給小和了。」

小麵團眼睛骨碌碌轉了轉：「我喝完小姑姑帶我去捉小鳳凰。」

小麵團之前養了一隻小黃鸝，他硬說是鳳凰，所以把牠叫做「小鳳凰」。小鳳凰早幾天飛走了，他老惦記着這事。

「捉小鳥？」小嵐一愣，「圓圓，我不會捉小鳥，換一個吧！」

小麵團說：「我就要小鳥，我就要小鳳凰！」

小嵐實在不知怎麼辦了。

「圓圓，怎麼又來纏小姑姑。」一把渾厚好聽的男中音。

「爹爹！」小麵團撲到來人懷裏，「我要小姑姑幫我捉小鳥，我才咕咕咕喝苦藥。」

李世民捏捏小麵團的鼻子：「好，你趕快喝了，小姑姑會幫你捉小鳥的。」

「好！」小麵團很開心，他撅起小嘴，「咕咕咕」很快把涼茶喝光了。

小嵐尷尬地看着李世民：「二哥，小孩可不能騙啊！我不會捉小鳥的。」

李世民笑笑說：「我會。」

「啊！」小嵐睜大眼睛看着李世民。歷史上有名的皇帝，神一般人物，竟然會捉小鳥。

「怎麼，不信？」李世民笑着說。

小嵐想，回去得寫一篇文章，名字就叫《和唐太宗一起捉小鳥的日子》。不過，肯定會被視為二十一世紀最牛的幻想小說。

「信！二哥在我心中是無所不能的！」小嵐興致勃勃地說。

她眼前已出現了偉大的唐太宗拿着小網子追趕小鳥的精彩畫面。

李世民轉身對跟在後面的一名護衛說了幾句，那護衛說了聲「是，王爺」，就轉身跑走了。

「跟我來！」李世民一手拉着小麵團，一手拉着小嵐，往一塊開闊的場地走去。

一會兒，護衞回來了，拿來了一個捕鳥網，還有一些小鳥喜歡吃的、炒得香香的小米。李世民接過捕鳥網，放在地面上，又用一根綁着長繩子的木棍撐起。之後，讓護衞把帶來的小米撒在網中間。

「好，咱們先試試行不行。」他拉着繩子的一頭，走到距離五六米遠一座假山那裏，然後把繩子一拉，「撲」的一下，棍子倒了，網落在地上，正好網住放小米的地方。成功了！

小嵐不由得拍手說：「二哥，你真有辦法！」

李世民說：「這還是大哥教的。小時候，我和大哥、元吉玩得最好，三個人下河捉魚捉蝦，爬樹摘野果子，又用捕鳥網捉小鳥。那時候真開心。」

李世民說話時嘴角綻開温暖的微笑，他想起了小時候那快樂的時光。

小嵐心裏輕輕歎了口氣。如果這兄弟三人不是生於帝王家，一定會成為唇齒相依的好兄弟。

李世民讓其他人都走開，他就拉着小嵐和小麵團躲到了假山後面。

「爹爹，小鳥會自己飛到網裏嗎？小鳥會自己去吃小米嗎？不用媽媽喊牠吃飯嗎？」小麵團不停地問。

「噓……」李世民對小麵團說，「別說話。小鳥聽到有人說話就不敢飛來了。」

小麵團急忙用小手捂住嘴巴。

李世民吹起口哨來，那聲音真像鳥叫呢！

沒一會兒便看到天上有兩隻小鳥飛來了，牠們應是聽到鳥叫，尋找同伴來了。來了以後又看到了地上那些小米，就捨不得離開了。但牠們沒有馬上飛下來，只是在上空盤旋着。小麵團緊張地握着小嵐的手，緊張得腮幫子都鼓起來；小嵐也把眼睛睜得大大的，盯着那兩隻小鳥，連大氣都不敢喘一下。

兩隻小鳥盤旋了一會兒，見左右無人，便大着膽子飛了下來，低頭飛快地啄着地上的小米。這時候，李世民把手裏的繩子使勁一拉，「撲」的一聲，捕鳥網落了下來，把那兩隻小鳥網住了。

「捉住小鳥囉，捉住小鳥囉！」小麵團甩開小嵐的手，搖搖晃晃地跑了出去，看着在網裏不斷掙扎的小鳥，哇哇大叫着。

早有丫鬟拿來鳥籠子，李世民蹲下，把兩隻小鳥輕輕地抓住，放進籠子。

那是兩隻畫眉，身上有許多種顏色——藍、白、褐、灰、橙黃，漂亮極了。圓圓高興得圍着牠們拍手，叫着：「小鳳凰回來了！小鳳凰回來了！」

李世民朝着小鳥吹了幾下口哨，兩隻鳥兒竟也跟着婉轉地叫了起來，聲音十分清脆。

就這樣，一人兩鳥隔着籠子一唱一和，真有點百

鳥歸巢的熱鬧呢！

　　小嵐看着像淘氣的小孩一樣逗着畫眉的李世民，心裏早樂了：原來傲視天下的未來大唐皇帝，也有他孩子氣的一面！小麵團急不及待要帶兩隻「小鳳凰」回去給娘親看，李世民吩咐紅蓮先帶他回去，他和小嵐沿着湖邊一路走回去。

　　小嵐早就想找個時間和李世民談談，聽聽他一些想法，今天正好有這機會，便說：「二哥，我們去湖心亭坐坐。」

　　李世民微笑點頭，兩人順着那道長長的木橋，走進了湖心亭。

　　「小嵐，肩膀怎樣了，還痛嗎？」李世民臉上露出笑容，問道。

　　小嵐說：「謝謝二哥。好得差不多了，我想過幾天就不用繃帶固定了。謝謝你們的關心，無垢二嫂對我可以說是無微不至，真比親妹子還好呢！」

　　李世民臉上露出了溫暖的笑容：「要感謝的話，應該是我感謝你。小嵐，我常常想你是不是上天派來的天使，怎麼這樣像小妹，怎麼會這樣美，怎麼會這樣聰明，怎麼會這樣勇敢善良。要不是你，我們家不會像現在這樣開心，要不是你，圓圓可能已經死於狼爪之下。小嵐，大家都很喜歡你，你願意一直留下來嗎？即使小妹醒了，你也留下來別走好嗎？你父母都

不在了，就讓我和無垢照顧你吧！」

小嵐很感動，但她知道自己一定要離開的，在另一個時空裏，也有她喜歡的人。不過，她不想讓李世民失望，便說：「謝謝二哥。我也很喜歡你們。不過，以後的事很難說，我不能給你一個肯定的答覆。但不管怎樣，我會記得你們，會記得和你們一起度過的快樂的日子。」

李世民堅持說：「小嵐，我堅持自己的想法。在我心目中，已經把你當作了李家的女兒，我們都想做保護你的人，我們家願成為你遮風擋雨的地方。」

看着李世民真誠的目光，小嵐的眼睛有點濕潤，她不忍心再說拒絕的話，便說：「二哥，我答應你。只要我在大唐一天，就不會離開你們。」

李世民大喜：「謝謝你，小嵐，謝謝你答應留下來做李家的女兒。」

小嵐沉默了一會，說：「二哥，我知道你是一個重感情，重親情的人，你能答應我一件事嗎？」

李世民說：「行，你儘管說，二哥都答應。」

小嵐說：「不管發生什麼事，請你都別傷害大哥和四哥，還有他們的家人。好嗎？」

李世民臉色突然大變：「小嵐，你、你知道些什麼？」

小嵐臉色不變，她氣定神閒地說：「二哥，我什

麼也不知道。我只是心裏明白，你是一個很有本領很有能力的人，大哥不如你，四哥不如你，其他兄弟更加不如你。你比其他人更有能力治理好天下，更有能力讓大唐更加繁榮富強。所以，即使你沒什麼想法，追隨你的人，都必定希望你得天下。為實現這個目標，必然要掃清所有障礙。」

李世民用銳利的眼神盯着小嵐，這女孩兒怎麼了解那麼多，是她聰慧察覺了，還是別人告訴她的？還是知道這事的人，故意讓她來試探自己？

他想到了他忠實的追隨者為他謀劃的那場政變、即將掀起的血雨腥風，儘管他還未下得了狠心把計劃付諸實現。

如果連進入王府短短時間的小嵐，都知道他在想什麼、幹什麼，那豈不是十分危險！莫非是誰洩漏了出去？

李世民不禁大駭。如果父皇知道他和心腹下屬謀劃了些什麼，先下手為強的話，這會令千萬人頭落地啊！

他額頭瞬間布滿了細密的汗珠。

小嵐知道李世民在想什麼，心想，糟糕，嚇壞秦王了。他一定以為他們的計劃曝光了。

其實她之所以知道，是因為她讀過歷史啊。她知道大唐即將發生什麼，但這些怎能跟李世民講呢！

小嵐急忙説：「二哥，相信我，我只是説出我的擔心而已。真的，我並非知道了什麼。二哥，你相信我嗎？」

李世民看着小嵐那張誠懇純真的臉，那雙清澈無邪的眼睛，他一顆懸起的心落了下來，他毫不猶豫地點了點頭。

他願意相信小嵐，他知道小嵐不會把他置於危險的境地。如果小嵐真的知道了什麼，一定會告訴他。

那就只能是小嵐自己想到的了。這女孩兒真聰明！

小嵐説：「二哥，那你答應我的請求嗎？」

李世民心裏很掙扎，他無法給小嵐很肯定的承諾：「如果真有要抉擇的那一天，我……我會考慮你的要求。」

「謝謝二哥，我當你答應的了！二哥，你真好！」小嵐美麗的臉上綻開了燦爛的笑容，「二哥，説真的，我一直認為，你很適合當皇帝，你會讓大唐更加繁榮富強的。」

李世民心裏翻起了一個熱浪，激動極了。他知道小嵐不是説話不經大腦的人，他很感動。

知我者，小嵐也！

第十九章

八公主的陰謀

「什麼？父皇想讓嵐兒繼位當皇帝？！」八公主李婉惠眼睛睜得銅鈴般大，這讓她本來清秀的臉變得有點醜陋。

「是呀，那天皇上把永寧公主單獨留在御書房，嘀咕了半天。我守在大門口，因為離得遠，聽不大清楚。但意思是估到的，皇上說太子和秦王齊王都有不足，永寧公主是最合適的人選。只是，永寧公主好像不想接受。」一個小太監彎腰曲背地跟八公主說着話。

「哼，我看她是假惺惺而已！誰不想做皇帝，除非是個傻子。」八公主一肚子的羨慕忌妒恨，「真不知道父皇怎麼想的，竟然要把皇位讓給那野丫頭！」

「是呀，咱們八公主才是天下第一聰明，才最配當皇帝嘛！」小太監一臉的諂笑。

「嗯，小仁子，你這次做得不錯，以後幫我盯緊點，父皇跟前無論大小事，都來告訴我。來，這是賞錢。」八公主遞給小太監一個小布袋。

小太監笑得嘴巴都快咧到耳朵根了，他向八公主不停地鞠躬：「謝謝八公主。」

小太監走後，八公主皺着眉頭想了一會，然後吹了一聲口哨。馬上，房頂上跳下一個蒙面黑衣人。

「給你一個任務，幫我殺了永寧公主。」八公主咬牙切齒地説。

「是！」黑衣人説。

八公主説：「明晚我會請我的兄弟姐妹過來吃飯，你等永寧公主回秦王府的路上，殺了她。」

「是，八公主！」黑衣人一縱身，躍到房頂，一眨眼就沒了影兒。

八公主趕緊叫人給各兄弟姐妹送請帖。

第二天晚上，八公主家裏熱鬧極了，在京的兄弟姐妹基本上都來了，只有秦王李世民説有事沒來。

宴會中，八公主對小嵐特別熱情，看上去還以為她很喜歡小嵐呢！誰也沒想到，她已派人守在小嵐回秦王府的路上，準備殺害她。

宴會到深夜才散。八公主把眾人送到門口，各人上了自家的馬車回府了。

八公主看着小嵐上了秦王府的馬車，又留意看了看跟在車後的兩名保鏢，知道那兩人遠不是蒙臉人的對手，臉上露出了兇狠的笑。哼哼，蠢丫頭，你看不到明天升起的太陽囉！

她邊笑邊回房去了，準備美美地睡一覺，明天準能接到好消息！

再說小嵐上了秦王府馬車，剛走了幾十米，馬車就停下來了。小嵐問車夫：「出什麼事了？」

馬車夫說：「車輪子有點問題，得修修才能走。」

小嵐說：「好，那辛苦你了！」

馬車夫說：「不辛苦。不過要公主耐心一點，還不知什麼時候能修好呢！」

「不要緊，你忙吧！」小嵐應酬了一晚上，本來就有點累了，很想早點回去睡覺。沒想到車子壞了，心想今天可真倒霉啊！

這時，有太子府的馬車走過來，停在旁邊，車簾一掀，露出李建成的臉：「嵐兒，出什麼事了？」

小嵐說：「大哥！車子壞了，要修理。」

李建成下了馬車，看了看忙碌着的車夫，說：「這樣吧，嵐兒，你先坐我的車回秦王府。我留在這裏，等你的車修好了，我坐你的車回家。」

小嵐說：「啊，不行！還不知要修到什麼時候呢，怎好讓你等。」

李建成寵溺地摸摸小嵐的頭，說：「傻丫頭，你一個女孩留在這不安全。何況現在很晚了，你早點回去休息吧！」

說完，也不等小嵐再說什麼，把她拉下來，又送上了自己的馬車，吩咐車夫道：「把公主送回秦王府，路上小心點。」

　　「是，太子！」

　　建成吩咐小嵐的兩個保鏢：「你們路上小心，好好保護公主。」

　　兩名保鏢齊聲說：「是，太子！」

　　「大哥，晚安！」小嵐心中暖暖的。就憑李建成對自己的關心庇護，就知道他是一個很重視親情的人。

　　小嵐坐着太子府的馬車回家了。這時候，她萬萬沒有想到，這一換車，竟救了她一命。

　　再說李建成留了下來，出乎意料的，只一會兒馬車便修好了，馬車夫直起腰，十分抱歉地對太子說：「太子，上車吧！」

　　於是，建成上了秦王府的馬車，他兩名保鏢也上了馬，傍在馬車左右，一路回太子府去。

　　走不遠就是一片黑松林，突聽得「撲通」一聲，林中撲出兩名蒙面黑衣人，手持利劍，一齊向馬車刺去。幾名保鏢來不及拔劍，竟未能成功阻擋。幸好坐在馬車中的李建成警惕性高，聽到外面情況不對，忙往下一趴，一把利劍在右手擦過，有些微痛，相信只是傷了皮肉。

兩名保鏢急忙拔劍刺向蒙臉刺客，四人打了起來。兩名刺客武功高強，但太子府的兩名保鏢也是十分出眾，刺客未能佔半點便宜。戰了十來個回合，蒙面人見無法得逞，便逃之夭夭，很快隱入黑松林中。

　　兩名保鏢擔心太子安全，也不敢追，急忙去看馬車中情況。只見太子用手摀住右手，臉色有點蒼白，但仍鎮靜地坐着。

　　兩名保鏢慌忙跪下，說：「小人保護不力，令太子受傷，罪該萬死！」

　　「算了，賊人突然襲擊，防不勝防。我只是皮外傷而已，沒甚大礙，還是趕快回府吧！」

　　「知道！」兩名保鏢護着太子，急急回府。

　　李建成回府後叫人包紮了傷口，幸好只是擦傷，相信過幾天便會痊癒。

　　一夜在惴惴不安中度過，天一亮，李建成便派人把元吉叫來。

　　元吉走進建成書房，大大聲問：「大哥，有什麼緊事，怎麼一大早就叫我來？」

　　建成挽起袖子，露出了包紮着的右手。

　　「啊，出什麼事了？」元吉吃了一驚。

　　建成苦笑道：「昨晚從八妹家回來時，半路遇到蒙面賊行刺，幸好護衛武功了得，刺客未能得逞，只是受了點皮外傷。」

元吉大怒，問道：「知道是誰指使的嗎？」

建成説：「刺客事敗逃走了，也不知是什麼人。」

元吉把拳頭猛一擊桌子，説：「不用問，一定是二哥。昨天各兄弟姐妹都去了八妹處，就他沒去，一定是籌劃此事。」

建成説：「沒真憑實據，也很難説就是二弟幹的。」

元吉怒道：「那還用問嗎？他早就巴不得你死了，你一死，太子位就是他的。」

建成面色陰沉：「本來因為嵐兒的緣故，我已經打算跟他和睦相處了，沒想到，他還不放過我。好，既然他已出手，我也不想再坐以待斃了。早前讓楊妃跟父皇説世民和突利結拜一事，父皇對世民已有所顧忌。我們再把昨天世民派人行刺本太子一事告訴父皇，又坐實世民勾結突厥可汗突利，不日要奪位之事。反正世民跟突利結拜為兄弟的事是事實，很多人都可以證明，而我又的確遇刺受傷，不怕父皇不信。」

兩人商量一番後，便進宮見李淵去了。

建成和元吉跟李淵談了很長時間，李淵臉色很不好看，大聲喚來劉公公，吩咐道：「派人去秦王府傳朕口諭，召秦王明日已時三刻進宮。」

然後又對建成元吉説：「明日你們敢跟世民當堂對質嗎？」

建成元吉一齊説：「敢！」

李淵陰沉着臉，説：「假如你們所説都是真的，我不會對世民手軟。任何危害到江山的人，即使是我兒子，我也絕不姑息。」

建成元吉心裏一喜，看來父皇已信了八成，忙大聲説：「父皇英明！」

第二十章

小嵐被綁架

當日下午，房玄齡、長孫無忌、尉遲恭等一班親信來到秦王府，求見秦王。秦王見到他們神色凝重，驚問發生了什麼事。

房玄齡說：「王爺，我收到消息，說是昨天夜裏太子在回府路上遇刺受傷，得護衛拚死保護才免於難。」

李世民皺起眉頭：「真有此事？」

長孫無忌說：「王爺，下屬也有聽聞。」

李世民問：「知道是什麼人做的嗎？」

房玄齡搖搖頭說：「聽說刺客逃了，未知是什麼人做的。」

李世民歎了口氣：「這回有點麻煩了，大哥一定以為是我做的。」

正說着，有人來報，太監林公公來傳旨。大家一聽，馬上想到是與太子遇刺有關，李世民叫房玄齡他們在議事堂等候，自己急急接旨去了。

林公公帶來的是皇帝口諭，命李世民明天上午已

時三刻進宮見駕。

李世民跪接口諭，然後起身謝過林公公。林公公是李世民的人，他小聲說：「王爺小心。上午太子和齊王進宮，言之鑿鑿昨夜秦王派刺客暗殺太子，還說有證據王爺和突厥可汗結拜，準備利用突厥軍隊奪取王位。皇上大怒，說要叫齊三位王爺，明天當着皇上的面對質，如事情屬實，則殺無赦。」

李世民雖然已有心理準備，聽到這消息時仍然心裏一驚。

林公公告辭走了，李世民悶悶不樂地回到議事堂。

尉遲恭性子急，馬上問：「王爺，林公公來什麼事？」

李世民歎了口氣，說：「樹欲靜而風不止……」

他把林公公告訴他的話全都說了。

尉遲恭大聲嚷道：「王爺，馬上起事吧，把那兩個雞腸鼠肚的麻煩鬼殺了，免得他們老是無事生非！」

李世民說：「這個我不怕，身正不怕影斜。我明天去跟父皇解釋就是。」

房玄齡說：「你跟突厥可汗結拜，只是為了早點跟突厥結束戰爭，化敵為友，但別人不是這麼想。再加上太子和齊王加油添醋，我想你有十張嘴都沒法辯

清。」

李世民沉吟一會，堅決地說：「不行，我答應過嵐兒，無論如何都不會殺大哥四弟。」

孫無忌說：「王爺啊，永寧公主剛回來，許多事情都不清楚。加上她是個善良的女孩子，不想兄弟間有什麼衝突。我想如果她知道您的處境的話，一定會支持您的。」

李世民還是搖頭：「你們別再說服我了，我明天就去跟父皇解釋。」

一屋子人你看我我看你，都顯得十分無奈。

家丁進來，在李世民耳邊悄悄說了些什麼，李世民說：「讓他進來吧，這裏都是自己人。」

家丁點點頭出去了，不一會兒帶了一個僕人模樣的年輕人進來。

「王爺。」年輕人朝李世民行了個禮。

李世民看了他一眼，說：「有什麼要緊事，要大白天跑來秦王府。不是叫你小心些嗎！」

年輕人說：「王爺，因為事關重大，小人不得不冒險走一趟。」

李世民點點頭：「你說。」

原來這年輕人是李世民安插在太子府的線人。

年輕人說：「王爺，不好了，太子和齊王決定出手了。他們上午從皇宮回到太子府後，在書房商量了

很長時間，他們唯恐皇上不忍心對你下手，決定明天已時派一隊殺手，埋伏在王爺去皇宮的半路上，把王爺您殺掉。」

李世民大驚：「真的？！」

年輕人說：「這消息絕對是真的。太子書房內負責斟茶遞水的僕人跟我是同鄉，他親耳聽到的。」

李世民對年輕人說：「辛苦了。回去留神太子動靜，有什麼再向我匯報。」

「是，王爺！」年輕人急急地走了。

年輕人走後，李世民坐着一聲不吭，只是一杯一杯地喝茶。大家都不敢打擾他，都知道這是他在考慮事情。

過了一會兒，長孫無忌終於忍不住了，小聲說：「王爺，人家都欺負到我們頭上了，難道我們就這樣等死嗎？」

「砰！」李世民突然用拳頭一砸桌子，弄得桌上杯子都跳了起來，「好，他們不仁，我不義，就按你們之前計劃的去做吧！」

「太好了！王爺終於下決心了！」

「哈哈，這下我尉遲不再憋悶了！」

「謝王爺接納我們的意見。」

眾人都十分興奮。

李世民舉起手，大家馬上住了聲。

「大家聽着。侯君集，你明天帶一隊人馬，把太子在半路埋伏的人幹掉！尉遲恭，你明天帶着一百高手，在巳時悄悄埋伏在進宮必經的玄武門，我會通知在宮中的內應給你們提供方便的。到時我會正大光明等在那裏，裝作等候大哥四弟的樣子，你們等我信號，然後才動手。」

「是，王爺！」兩名武將應道。

長孫無忌說：「王爺，你還得多派兩路人馬，分別往太子府和齊王府，只等玄武門一得手，就馬上通知他們衝入太子府和齊王府，不管家眷還是僕人家丁，格殺勿論。」

李世民眼睛一瞪，說：「誰告訴你們我要殺大哥四弟家眷！」

程咬金說：「王爺，斬草要除根啊！如果不趁此機會把他們除了，你的江山能坐隱嗎？」

大家都七嘴八舌地附和：「是呀是呀，不除去他們的家人，後患無窮啊！」

李世民斬釘截鐵地說：「不行！太子府和齊王府兩府加起來，有兩千多人，我不可以濫殺無辜！」

「王爺，您千萬不可以手軟。不可以留下禍根！」

李世民一臉堅決：「大家別說了。按我的命令去做，違者，斬！」

「王爺！」眾人跪在地上，不肯起身。

世民仰天長歎：「殺大哥四弟已實屬無奈，我怎可以再下手連他們家人都殺呢！你們趕快走吧，要不一會兒，我說不定會變卦，收回剛才的命令。」

大家一聽都嚇了一跳。殺太子和齊王的計劃很早已定下來，只是李世民一直猶豫不決。現在好不容易說服他同意動手，還是趁他改變主意之前，趕快走吧！

於是，吱溜一下子，五個人立時走得乾乾淨淨，回去為明天一戰做準備去了。

李世民坐在書房裏，有點心神不定，他想到了自己對小嵐作出的不殺建成元吉的承諾。

不知為什麼，他一想到那個有着明朗笑容的、善良的女孩子，就有一種自慚形穢的感覺。他很不想令她失望，令她傷心，只是箭在弦上不得不發，現在是他們兩人挑釁在先，自己已是別無選擇了。

先瞞住她吧，等事情結束了，再跟她解釋。

李世民起身，走出議事堂。已是黃昏，還有很多事情要安排，他要讓這次出手絕對成功。

邊走邊想，冷不防有人跑到他面前，喊了一聲：「二哥！」

世民嚇了一跳，抬頭一看，正是他此時很不想見到的小嵐，臉上不禁有點尷尬。

小嵐學過中國歷史，記得「玄武門之變」發生唐高祖武德九年六月初四，即公元六二六年七月二日，那就是明天。

　　今天秦王府裏氣氛緊張，秦王一早就和親信關起門來商量事情。小嵐明白這緊張氣氛的原因——歷史按照原來的軌跡進行着，那場著名的「玄武門之變」即將登場了。

　　本來，她對李世民早幾天的承諾還是很有信心的，只是剛剛聽到了太子遇刺的事，她又開始擔心起來了。行刺太子的刺客不會是李世民派遣的，他絕對不會做這種沒把握的事，何況，他和親信早已安排了更為保險的玄武門伏擊戰。但這次遇刺一定會令太子和齊王誤會，他們一怒之下，難保會做出激怒李世民的事情，令李世民有非殺他們不可的理由。所以，小嵐再來提醒李世民履行承諾。

　　小嵐笑嘻嘻地説：「二哥，你今天很忙啊！」

　　李世民支支吾吾地説：「是呀，有點忙。」

　　小嵐説：「明天你更忙是吧？」

　　李世民嚇了一跳，睜大眼睛看着小嵐，他覺得她話裏有話。

　　小嵐説：「明天玄武門的事準備得怎樣了？」

　　這話再明白不過了，李世民瞠目結舌，天哪，他們剛剛才決定的事，小嵐怎麽知道？

小嵐得意地說：「你不知道我是天下事難不倒的馬小嵐嗎？我也是無所不知的馬小嵐啊！」

李世民結結巴巴地說：「小嵐，你、你想怎樣？」

小嵐笑了起來，說：「二哥，放心吧！我不會出賣你的。我只有一個要求，明天我跟你一塊兒去玄武門。」

「不行！」李世民斬釘截鐵地說。

小嵐去的話，事情還辦得成嗎？建成、元吉，肯定一個指頭都不能碰。

小嵐一跺腳：「不讓我去？好，我告訴父皇去！」

「不！不要！」李世民嚇得趕緊說，「好吧，我答應你。」

小嵐說：「好，一言為定！」

李世民逃也似的走了。小嵐得意地笑了起來。

她不放心，恐防到時事情出現變數。所以，她要盯緊他。

小嵐轉身回寧心閣，走到拐角處，突然有人從後面把她摟住，她剛要叫，就被一團毛巾塞住嘴巴。她掙扎着回過頭來，見是一個身材高大的蒙面人。她嗚嗚地叫着，掙扎着，但那人力氣很大，她怎麼也掙脫不了。

那人把她雙手雙腳分別用繩子捆住，又用一塊布把她的眼睛蒙上，然後把她往肩上一扛，急急地跑了起來。

　　小嵐心裏大叫倒霉，怎麼回事？誰要綁架自己？

第二十一章

怪大叔

小嵐被人扛進一間屋子裏，放在一張牀上。

有人輕輕地替她脫了鞋子，又扶着她，讓她靠在一張被子上。小嵐雖然看不見，但明顯感覺到這人跟之前綁架她的不是同一個人，從動作的溫柔細心來看，這人顯然是個女子。

雖然這樣，小嵐仍然很憤怒。手被綁着，腳被綁着，嘴被堵着，眼被蒙着，是誰這麼大膽，竟然這樣對待她。小嵐把雙腳在牀上使勁地跺、跺、跺，以表示自己的怒氣。

屋子裏應該有好幾個人在，聽到腳步聲在來來去去，但沒有一個人吱聲，小嵐使勁跺了一陣，也累了，只好停下來。

這時，肚子咕咕叫了起來，晚飯時候到了。本來，往日這個時候她都會和曉晴曉星與王妃、小麵團一起吃晚飯，李世民事忙，一般都不回家吃，忙到深夜才回家。

王妃姐姐他們找不到自己，一定很着急。

有人把嘴裏的毛巾輕輕扯了出來，小嵐大大地呼吸了幾下，接着大聲說：「什麼人這樣膽大，竟敢綁本公主！」

沒有人回答，卻有一勺食物輕輕送到她嘴邊。小嵐把頭一擰：「不吃，先回答我，你們是什麼人，綁架本公主的目的是什麼？」

仍然沒人回答。小嵐更氣了，她緊閉着嘴，不肯吃東西。

本公主可殺，不可辱！

感覺到有幾個人站在自己面前，一會兒，聽到一聲輕輕的歎息聲。

小嵐腦子突然一亮，蒙着她的眼睛，肯定是不想讓她看見屋子裏的人，不想讓她看見，就肯定這些人是她認識的；屋子裏的人一直不出聲，肯定是怕她從聲音認出他們的身分。根據聲音可以認出的人，肯定不是只見過一兩次面，起碼相處了一段時間。

自己來到唐朝時間不長，認識的人不多，這相處了一段時間的人，除了李世民夫婦、小麵團，就是侍候自己的四個丫鬟。

啊，對啊對啊，自己怎不早想到呢！怪不得鼻子裏聞到一股熟悉的氣味，那分明是自己臥室的氣味，那是丫鬟們每天採來的花發出的氣味。

自己分明是在寧心閣！

這樣的話，主謀一定是秦王李世民了。目的不言而喻：第一，他怕自己向李淵告密；第二，他不想自己明天跟他一塊兒去玄武門。

小嵐心裏那個氣呀，簡直要爆炸了。李世民，你這個表裏不一的傢伙，你這個騙子，你這個壞蛋，你這個……

小嵐在心裏把李世民罵了個狗血淋頭。

唉，要是小和在就好了，牠一定會救自己。可惜早兩天為了哄小麵團喝藥，自己把小和送給他了。

沒辦法，只好想法自救了。

「春花、秋菊、夏荷、冬雪，你們別裝了，我知道是你們。」小嵐用平靜的語氣説。

「砰」的一聲，傳來勺子掉地上的聲音。顯然她這一句話把餵她吃飯的人嚇壞了。

小嵐又説：「我沒説錯吧！你們膽子好大，綁架公主，不怕殺頭嗎？」

「公、公主，奴婢該死！」春花戰戰兢兢的聲音。

小嵐説：「還不替我把蒙眼布解開！」

春花囁囁嚅嚅的：「這……」

小嵐怒道：「我什麼都知道了。我現在是在自己房間，我面前站着春、夏、秋、冬四個傻大姐……」

聽到冬梅叫了起來：「天哪，公主，您怎麼知道

的？」

小嵐説：「哼，我就是知道！你們蒙我眼睛還有什麼用？趕快替我解下來，立即！馬上！」

有人在她腦後搗鼓了幾下，蒙眼布被解開了。

小嵐來不及説些什麼，四個丫鬟齊刷刷跪在她面前，説：「請公主恕罪！」

「快起來快起來，不是早説過讓你們不用在我面前下跪嗎？」小嵐和顏悦色地説，「算了吧，我知道主謀一定不是你們，剛才把我帶到這裏來的，分明是個壞大叔。快説，那人是誰？」

春花低頭說：「公主，看來什麼都瞞不了您。是尉遲將軍把您送回來的。他沒有傷害您的意思，他只是要我們把你看好，直到明天下午才能把您放開。」

原來剛才那粗魯的大叔是尉遲恭！

不對，他雖然是個大將軍，但也不敢在秦王府這樣明目張膽綁架一個公主啊！肯定有人幕後操縱。

小嵐故意說：「哼，等會秦王發現我不見了，他一定會找的，到時看你們怎麼辦！」

秋菊小聲說：「王爺不在府中，他說今晚都不回來了。」

小嵐又說：「那王妃沒看見我去吃飯，她也會找來的。曉晴和曉星也會來找的。」

夏荷說：「王妃不會找的，她知道你不會去吃飯了。晴小姐和星公子也不會來找你的，因為王妃告訴他們，你被皇上召進宮住兩天。」

小嵐心裏一愣，才明白幕後主使的人原來是秦王妃！

這時春花又拿了一些剛熱好的飯菜過來，對她說：「公主，您一定餓了，快吃點東西吧！」

小嵐也真餓了。不管那麼多，把肚子填飽再作打算。

春花又夾了菜想往她嘴裏送，小嵐說：「把繩子解了，我要自己吃。」

春花說：「公主，請原諒，不能解了。尉遲將軍說，繩子萬不可解，如果您跑了，他會把我們殺了。」

小嵐瞪着眼，嚇唬道：「如果不解，小心以後我給你們施十大酷刑！」

「十大酷刑，我的娘呀！什麼十大酷刑？」膽小的夏荷小臉嚇得煞白。

小嵐嚇唬道：「第一刑，在耳邊敲鑼打鼓，把你們吵死。」

「啊，不要！」四個丫頭一齊喊。

「第二刑，在胳肢窩撓癢，令你們癢死！」

「啊，不要不要！」

「第三刑，撓腳底，讓你們笑死。」

「啊，公主饒命，我們給您解開手上的繩子就是。」

幾個丫鬟七手八腳的，給小嵐解開了綁住手的繩子。

小嵐的手自由了，她暗暗高興，傻丫頭，等我吃完飯有了力氣，就再把綁腳上的繩子解開，然後逃之夭夭。

於是，小嵐放開肚皮，飽吃了一頓。到放下筷子時，她開始想辦法，怎麼支走眼睛眨也不眨地盯着她的四個傻丫頭。

可是，還沒等她出招，就聽到一陣重重的腳步聲，門口眨眼出現一個怪大叔，只見他生得牛高馬大，臉黑黑，眼圓圓，嘴大大，一進門，看到小嵐手上的繩子被解開了，就咋呼着：「你們四個死丫頭，不是讓你們別放開公主的嗎！」

說完，不由分說跑過來，又不由分說拿起繩子，把小嵐的手又綁起來了。

小嵐想掙扎也來不及了，眼睜睜看着自己雙手又被他用繩子綁上。不用問，這怪大叔準是尉遲恭了。「喂，你這個怪大叔好大膽，快把我放開，放開！」

怪大叔朝小嵐又是鞠躬又是敬禮：「公主，末將得罪了。為了王爺的大計，只好委屈公主一下了。就一天，一天！明天下午就放您，好不好！」

小嵐喊道：「不好不好不好！你這個怪大叔，壞大叔……」

尉遲恭趕緊捂着耳朵跑出門口，跑出幾步又回來，惡狠狠地嚇唬四個小丫頭：「要是公主跑了，哼！」

四個小丫頭嚇得一抖，這個哼是什麼意思？可以好嚴重哦！小丫頭一肚子憋屈。

小嵐笑瞇瞇地朝她們說：「放了我，乖！」

四個丫頭齊齊搖了搖頭。

小嵐板着臉朝她們說：「放了我，快！」

四個丫頭還是搖了搖頭。

「放了我！！！」小嵐尖叫聲如魔音穿耳，嚇得四個丫鬟臉色發白。

小丫鬟苦着臉，再這樣下去，四個人準瘋掉兩個。幸虧傻丫頭並不笨，她們弄了些棉花團，把耳朵摀住了。這樣，她們不管發怒的公主如何叫喊，也都能心平氣靜地笑瞇瞇地待在她身邊。

突然，小公主叫聲沒了，她身子一側，倒在牀上。幾乎是同時，四個丫鬟也一個接一個摔倒地上。

一個高高瘦瘦的黑衣人從窗子跳了進來，把倒在牀上的小嵐扛在肩上，又從窗口跳了出去，轉眼便消失在黑夜裏。

第二十二章

一天被綁架兩次

半個時辰後，小嵐醒了過來。她呆呆的，不知道剛剛發生了什麼事，勉強記得自己對着四個傻丫頭大喊大叫，喊着喊着，就睡着了。睡夢中好像還做了夢，夢到自己被一個黑衣人扛了起來，去了一個什麼地方。

身上被什麼刺着，癢癢的，有點痛，摸了摸，原來自己是坐在一堆乾草上。她嚇了一跳，自己牀上怎會有草呢！看看周圍環境，就更加吃驚了，自己並不是在寧心閣，而是身處一間堆着乾草的小屋子裏。

啊，難道自己被四個傻丫頭關起來了。不，不會的，她們不會這樣對待自己。

難道剛才做的不是夢，自己真的被一個黑衣人扛到這裏來了。啊，如果這樣，那就真夠倒霉的了，一天裏被劫持兩次。

只有跟李世民有關的人才有綁架自己的動機，但既然自己已被關在寧心閣，又有四名丫鬟看守着，他們犯不着又把自己綁一次，帶到這裏來呀？究竟是什

麼人幹的呢？

小嵐觀察了一下環境，只見小屋子約二十來平方，除了地上堆了厚厚一層草之外，什麼也沒有。她去推了推大木門，關得嚴嚴的，外面傳出咣咣噹噹的聲音，想是被人在外面上鎖了。

她又看了看房子裏唯一的一個窗子，窗子離地約兩米半高，窗子雖然沒有窗門，但上面密密地釘着六根粗木棍，要想進出，除非有個兩米高的大力士，爬到窗上，拗斷木棍，才能逃出去。小嵐以自己一人之力，從窗口逃出，那是想都不用想。

怎麼辦？一定得想辦法逃出去，要不明天就無法趕去玄武門了。

小嵐正在發愣，忽然聽到門外有的聲音，有人來了。小嵐盯着門口，看看是誰綁了自己。這時大門一開，走進一個比她大不了幾歲的女孩，女孩後面還跟着兩個黑衣人。

小嵐一愣，這不是八公主李婉惠嗎？原來第二次被綁的主謀是她！

八公主一見小嵐，便冷笑了一聲：「哼，很奇怪吧？我為什麼綁架你。告訴你吧，首先是因為你搶了我的風頭。你沒回來之前，我是天之驕女，是所有公主中最美最聰明的一個，父皇最疼愛我，哥哥們也最喜歡我。沒想到你一回來，就把所有都奪走了。而最

讓我生氣的是，你竟然還要奪走我太子哥哥的太子位。」

小嵐聽完，好笑地哼了一聲。

八公主惱怒地說：「你哼什麼！我說錯了嗎？」

小嵐說：「你不是錯，而是大錯特錯。我根本不想跟你搶什麼，也根本不會奪什麼。哼，真是杞人憂天！」

八公主說：「我是寧抓錯，莫放過。不管你是不是真的要跟我搶，我也抓定了。你知道嗎？本來你昨晚已經死了，我派了兩名高手去殺你，沒想到你命大，和大哥互換了馬車，結果差點把大哥殺了。」

小嵐大怒道：「原來是你！你知不知道，就因為這件事，已引起幾位哥哥之間的誤會，有可能導致一場血腥殺戮。」

八公主說：「我不想聽你危言聳聽。聽着，我是你見到的最後一個人了，這屋子在一個荒蕪的小山崗上，長年沒有人來。我要把你關在這裏，你叫天天不應，叫地地不靈，沒有吃沒有喝的，你會變得很瘦很瘦，變得很醜很醜，最後帶着醜樣子死去。哈哈哈哈，那我又成了大唐最美最聰明的公主了！」

小嵐厭惡地看着她，心想：不管怎樣，自己目前身分也是她的妹妹啊！這人怎麼這樣惡毒，非要把自己妹妹弄死不可。

小嵐不怒反笑，説：「心靈這麼醜惡的人，還敢自封美女呢！你只配做天下第一惡女，天下第一醜女！」

「你！」八公主氣得臉色通紅，她狠狠地一跺腳，對跟在她面黑衣人説，「我們走！把大門從外面釘死，讓她餓死在裏面。」

説完，氣呼呼地出大門。

只聽到門外「砰砰砰」的聲響，大概是在釘門，一會兒，就沒聲音了。

小嵐坐在乾草堆上，月亮出來了，皎潔的月光從窗口射進來，照在她身上。小嵐看着月亮，心裏想，月亮月亮，你能幫我傳個口信嗎？告訴愛我的人，讓他們快來救我出去。明天早上如果我不能趕去玄武門，那就很可能無法改變歷史了。現在要救的不光是我一條命，而是兩千多條命啊！

隨着時間的一點點過去，小嵐心裏越來越着急，難道歷史不可以改變，一定要血濺玄武門？

怎麼辦，怎麼辦？小嵐急得在屋子裏團團轉。她再嘗試拚命去推門，但那兩扇門關得緊緊的，中間連一條縫都沒有；小嵐又嘗試爬上窗口，但那牆壁上滑滑的，連個立腳的地方也沒有。

周圍靜悄悄的，連雞犬之聲也聽不到，小嵐連喊人來救的念頭都打消了。

唉，小嵐無奈地躺在草堆上，不再作無謂的努力了。一會兒，她迷迷糊糊的睡着了。

　　不知睡了多久，一抹晨光照進屋子裏，照在小嵐臉上，小嵐醒了。

　　啊，太陽出來了！還不知道幾點呢！突然聽到一陣熟悉的「嗚嗚嗚」的叫聲，小嵐猛地從草堆上跳了起來，是小和，是小白狼小和的叫聲。

　　接着聽到有人拍門，還有一把稚嫩的聲音在叫：「小姑姑，小姑姑！」

　　小嵐大喜：「圓圓，是你嗎？」

　　「是我，還有晴姐姐和星哥哥。小姑姑，你在裏面嗎？你為什麼一個人躲在裏面，你跟我們玩躲貓貓嗎？」

　　小嵐開心得差點掉下淚來：「圓圓，小姑姑不是玩躲貓貓，小姑姑被壞人關起來了，你們快把我救出去。」

　　「啊，小姑姑被壞人關起來了！這壞人是誰，我叫小和去咬他小屁屁！」

　　「誰這麼大膽，把小嵐姐姐關起來！」又聽到曉星在喊，「小嵐姐姐，你別急，我們打開門救你。」

　　曉晴在叫：「小嵐，這大門被釘死了，打不開，怎辦？」

　　小嵐說：「有大石塊嗎？試試用石塊撞。」

外面「乒乒乓乓」一番，接着聽到「砰砰砰」的砸門聲，但大門依舊紋絲不動。曉星説：「小嵐姐姐，砸不動呢！」

圓圓突然叫起來：「小和，你為什麼爬牆？」

話音未完，小嵐就見到小和出現在窗口。小和用柔和眼神看了看小嵐，又嗚嗚叫了幾聲，好像在安慰她。接着，牠張開嘴巴，用尖尖的牙齒使勁咬着窗口的那些粗木棍，發出咔嚓咔嚓的響聲。

啊，原來小和要把木棍咬斷，讓小嵐從窗口逃走！

小嵐心裏好激動啊！小和，你真厲害！

「小和，加油！小和，加油！」門外曉晴曉星和小麵團一齊喊道。

小和好像受了鼓舞，更使勁地咬啊咬啊，「咔嚓」一聲，一根木棍被咬斷了。

「小和，好樣兒的！」大家都為小和鼓掌。

小和神氣地挺了挺胸膛，又開始咬咬咬。過了一會兒，「咔嚓」，又一根木棍斷了。

就這樣，小和在窗台上使勁咬，孩子們在下面使勁給牠打氣，很快把六根木棍咬斷了五根。

窗洞已經很大了，小和鑽進來，又撲的一聲跳進了屋子裏。

「小和！」小嵐張開雙臂，把撲過來的小和抱在

懷裏，「小和，謝謝你，謝謝你！」

小和把頭埋在小嵐懷裏，小聲地嗚嗚叫，一臉幸福。

這時聽到小麵團在外面叫：「小和小和，你快到窗口來，晴姐姐和星哥哥給你繩子。」

小和馬上跑向窗口，往上一縱，跳到窗台上。曉星把用衣服撕成一條條做成繩子拋到窗台，小和伸頭一咬，把繩子叼在嘴裏。小嵐正在想，自己怎樣利用繩子好呢？卻見到小和用嘴和爪子，把繩子一頭綁在窗子那根剩下的木棍上。

哇，小和真是天才啊！大家都拍起掌來。

小嵐拿過小和扔下來的繩子，借着繩子的力，一下一下地往上爬，很快便爬到了窗台上，然後，又借繩子的力，到了屋子外面。

噢，成功了！曉晴和曉星抱住小嵐，幾個好朋友高興得跳着，叫着。小麵團插不進去，急得抱着小嵐的腿哇哇大叫，小和就嗚嗚叫着，在小嵐腳下轉來轉去。

小嵐問：「你們怎麼這樣厲害，能找到我？」

曉晴說：「昨天吃晚飯時，王妃說皇上召見，你進宮去了，可能要住一兩天。所以我們也不會往別的事情想，吃完飯就回去了，你不在，我們也就早早睡了。今天一大早，圓圓就來找我們一塊去遛小和，沒

想到，走着走着，小和突然停了下來，用鼻子嗅來嗅去的，顯得很激動。接着，牠嗅一會兒就又跑一會兒，竟然跑出宮去了。我們不知道牠幹什麼，也只好跟着牠跑，牠走呀走呀，就把我們帶到這座荒涼的小山崗，這間孤零零的屋子前面了。」

曉晴又問：「小嵐，究竟發生了什麼事，你怎麼被關在這裏了？」

「一言難盡，等有空我再跟你們說。今天是『玄武門之變』的日子，我得趕去那裏。」

曉晴和曉星也知道小嵐要去幹什麼，便說：「我們跟你一塊去吧！」

小嵐說：「你們先把小麵團跟小和帶回秦王府，免得王府裏的人發現小麵團不見了，會着急。把小麵團帶回家後，你們就去玄武門找我。我得趕快走了，怕來不及了。」

小麵團拉着小嵐：「小姑姑，你要去哪裏？我也去，我也去！」

小嵐說：「圓圓乖，小姑姑馬上回來，圓圓先跟晴姐姐回家。」

小麵團偏不肯：「我要跟小姑姑去，我要跟小姑姑去……」

小嵐沒法，只好打眼色讓曉晴和曉星拉住小麵團，自己趕緊跑了。

第二十三章

「玄武門之變」

大唐皇宮裏，十幾人的一隊人馬正向玄武門走去，那正是太子建成和齊王李元吉，以及他們的衛隊。

元吉有點心神不定的：「大哥，我們埋伏在路上的人，不知道得手了沒有。」

建成臉色也有點蒼白：「那些都是一等一的高手，我想不會失手的。」

元吉說：「那就好，那就天下太平，大哥可以安心等着做你的皇帝了。」

皇宮裏比平日顯得安靜，令人有一種詭異的感覺。建成走着走着，不禁勒住馬：「元吉，有點不對，往日站崗的人哪去了？」

元吉也有點疑惑，也勒住了馬頭。兩人正在止步不前，忽然聽到一聲吶喊，呼啦啦從兩邊衝出大隊人馬，為首正是李世民、尉遲恭、長孫無忌等人。

李建成嚇得面如死灰，面孔都有些扭曲了，他高叫一聲：「元吉，咱們中計了，快走！」

李建成和李元吉，立即撥轉馬頭往回跑。李世民拍馬上前，說道：「大哥，四弟，你們不是想我死嗎？你半路上的伏兵被我解決了，你的第一步棋已經輸了。你不是還有第二步棋嗎？不是打算入宮到父皇面前告我的狀嗎？為什麼急着要走？」

李建成與李元吉顧不上聽他的話了，兩人沒命地拍馬要逃。但是，李世民的人馬已衝上來，把他們圍得嚴密密的。李建成大喊：「世民，我們是兄弟啊，你下得了手嗎？」

長孫無忌怕夜長夢多，要是李淵得到消息，必定趕來阻撓，那時他們就無計可施了。

長孫無忌便大喊道：「太子無能，齊王無道，將士們，快去拿他們的命！」

建成元吉的侍衛見了，忙擋在主人面前，但只一個回合，便全被挑落馬下，只剩下建成元吉兩個光棍司令。眼看秦王的人馬漸漸縮小包圍圈，把兩人圍得水泄不進。

建成有點慌了：「世民，你我兄弟一場，你真要殺我？」

李世民聽了一愣，呆在當場。他想起了兄弟的往日情誼，也想起了自己對小嵐的承諾。

旁邊的尉遲恭見了，擔心李世民心軟，放走建成元吉，心裏一急，悄悄拿起弓，搭箭對準建成，就要

射出。

「住手！」突然有人大喊一聲。

一個女孩衝進包圍圈，用身體擋在建成元吉面前。

她，正是匆匆趕到的馬小嵐。

尉遲恭嚇了一跳，他把弓放下，說：「公主，您怎麼逃出來了？」

小嵐狠狠地瞪了他一眼：「哼，等會再找你算帳！」

她又看着李世民，說：「二哥，你忘了你的承諾嗎？」

李世民結結巴巴的：「我……我……」

長孫無忌朝小嵐作了個揖，說：「公主，請聽下官一言。太子軟弱無能，難以做一國之君。秦王能文能武，賢德俱備，實是一代明君，必能讓大唐江山永固，百姓安居樂業。所以，秦王做太子，是最明智的選擇。」

小嵐說：「即使你說得對，讓我二哥做太子，但也不一定要殺人啊！」

她又轉頭向李世民說：「二哥，我再一次請求您，請您放走大哥和四哥。」

李世民身後，幾名親信一齊說：「王爺，萬萬不可！」

李世民看看建成元吉，又看看小嵐，心裏糾結極了。

這時，小嵐突然跳上建成的馬，坐在他身後，大喝一聲：「大哥四哥快走！」

李世民那隊人馬慌亂起來，舉起弓箭，但又不敢射，怕射傷了永寧公主。尉遲恭大喊一聲：「追！」所有人便拍馬追了出去。

李世民沒有追出去，他慢慢走上城門樓，看着飛奔而去的兩個兄弟，還有小嵐，喃喃地說了一句：「大哥，四弟，走吧，走得越遠越好。放心吧，我不會為難你們家人的。」

李世民沒有發現，在他身後不遠處，站着他和建成元吉的父親——皇帝李淵。李淵剛剛目睹了令他揪心的兄弟對峙的場面，直到這時，他才暗暗鬆了口氣。

沒有流血，沒有殺戮，已是李淵心目中最好的結果了。他心裏很感激小嵐。

幾天之後，李淵下旨，立秦王李世民為太子。小嵐已是公主，無法再賞，於是李淵賞了小嵐很多很多禮物，令到曉晴曉星拆了一晚上都拆不完。

「玄武門之變」，因為小嵐這隻小蝴蝶一搧帶出的蝴蝶效應，令到骨肉相殘的慘劇沒有發生，令到本來死於這次事件的兩千多人倖存下來，而歷史的總趨

勢卻沒有改變，李世民很快就會登皇帝位，大唐盛世即將來臨。

一切都大團圓結局，該想辦法回到未來了。小嵐卻有點擔心，自己走了，真正的永寧公主又在昏迷中，李淵一定大受打擊。怎麼辦才好呢？

這天傍晚，小嵐約了曉晴曉星到花園商量下一步怎麼辦，因為商量的事情要保密，所以曉星提議了一個很隱蔽的地方。那是一棵枝繁葉茂的百年老樹，人坐在樹杈上，會被茂盛的葉子遮得嚴嚴密密，即使在下面走過的人都不會察覺樹上有人。

曉星正在說着他自以為是的妙計，小嵐突然從樹葉的縫隙中見到李世民兩夫婦慢慢走了過來，忙朝曉星「噓」了一聲。

聽到李世民在說：「太好了，我心頭的石頭終於落地，嵐兒終於醒過來了。」

長孫無垢說：「是啊，我一直擔心她永遠也醒不來呢！」

李世民說：「現在為難的是，怎麼讓嵐兒去見父皇呢？她跟小嵐樣子雖然很像，但是性格卻完全不同。還有，嵐兒沒有了小嵐那種自信，那種大方，那種貴氣，父皇一見，肯定知道她們不是同一個人。」

無垢說：「是啊，小嵐自己說她只是個民間女孩，但我怎麼老覺得，她比我們皇家的那些公主還像

公主。」

李世民點着頭說：「對，你說到我心裏去了……老實說，我真希望小嵐真是我妹妹，她太優秀了。無垢，我想把一切全都坦白告訴父皇，讓嵐兒認祖歸宗，再請父皇認小嵐做義女。」

無垢開心地說：「這方法好，這方法好！這樣就很完美了。」

「好，我明天就進宮見父皇。」李世民說，「小嵐還不知道嵐兒醒過來的事呢！等會兒她知道了，一定很高興。哈哈，我現在等於有一對雙胞胎妹妹了，太令人高興了……」

夫婦二人興高采烈地說着話，走過去了。

樹上三人都聽到了李世民和長孫無垢的話，心裏都很驚喜，原來受傷昏迷的永寧公主已經醒過來了！小嵐得知這消息，也放下心來。畢竟是骨肉至親，李淵一定會跟喜歡她一樣，喜歡李嵐兒的。自己離開也就沒有後顧之憂了。

突然聽到小麪團的聲音：「小姑姑，你在哪裏？你不是說要帶一雙翅膀回來給小和嗎？讓小和成為會飛的小狼嗎？翅膀呢，快給我翅膀！」

啊，那個肉肉的小傢伙邊嚷嚷邊走過來了。

小嵐莫名其妙說：「怎麼這兩天小麪團一見我就問我要翅膀？」

曉晴和曉星互相扮了個鬼臉。曉星笑嘻嘻地解釋說：「還不是『玄武門之變』那天，小麵團硬要跟你去皇宮，不肯回家。我們只好騙他，說你要去給小和找翅膀，讓小和飛起來。」

小嵐生氣地說：「你們怎可以這樣呢！小孩子是不能騙的……」

話沒說完，他們身下坐着的那根粗大的樹枝「咔嚓」一聲斷了。「砰！」樹上三人一齊掉落地上。

哎喲哎喲，三個人摸着屁股叫痛。

「咦！」小嵐突然大叫一聲，眼裏滿是驚疑。

「啊！」曉晴和曉星也接着大喊，臉上全是詫異。

難道他們發現了史前恐龍？

比發現史前恐龍還要勁爆！

因為他們這一摔，竟然摔在了烏莎努爾王宮的花園裏，映月湖邊青青的草地上。

公主傳奇15

公主駕到 (修訂版)

作　　者：馬翠蘿
繪　　畫：滿丫丫
責任編輯：葉楚溶
美術設計：李成宇
出　　版：新雅文化事業有限公司
　　　　　香港英皇道499號北角工業大廈18樓
　　　　　電話：（852）2138 7998
　　　　　傳真：（852）2597 4003
　　　　　網址：http://www.sunya.com.hk
　　　　　電郵：marketing@sunya.com.hk
發　　行：香港聯合書刊物流有限公司
　　　　　香港荃灣德士古道220-248號荃灣工業中心16樓
　　　　　電話：（852）2150 2100
　　　　　傳真：（852）2407 3062
　　　　　電郵：info@suplogistics.com.hk
印　　刷：中華商務彩色印刷有限公司
　　　　　香港新界大埔汀麗路 36 號
版　　次：二〇二一年四月初版

ISBN：978-962-08-7760-5